Armin Richter, Augenblicke im Leben

Armin Richter

Augenblicke im Leben

40 Kurzgeschichten mit Fragen zum
Nachdenken
und andere Texte

Herstellung und Verlag:
BoD - Books on Demand, Norderstedt
ISBN 978-3-7448-7249-2

Inhalt

Vorwort	07
Auf dem Rummelplatz	09
Wo bist du geboren?	11
Geburtstagsvorbereitungen	14
Geburtstage	16
50. Geburtstag	19
Klassentreffen	21
Entscheidung für Jesus	25
Wie ist Gott?	27
Gut – besser – am schlechtesten?	28
Das Verkehrsschild	29
Abendlicher Gang zum Briefkasten	31
Der Penner auf der Bank	33
Der arme Mann	34
Viel Geld	36
Elternliebe	38
Das Glück der Atheisten - Psalm 73 – einmal anders	39
Häuser bauen	41
Abschied	43
Umzug	45
Der Junge, der nicht mehr spielt	47
Das 1 x 1 des Lebens	48
Der kaputte Kassettenrecorder	49
Sich anlehnen dürfen oder allein sein müssen?	51
Aus dem Leben eines Apfelbaums	54
Immer das Gleiche – oder doch nicht?	57
Wachsen und reifen	59
Eindrücke im Altersheim	60

Alle Jahre wieder	62
Die kleine Flamme	63
Adventskalender	65
Thamar in Bethlehem	67
Advent in der Straßenbahn	68
Heilig Abend (24. Dezember)	69
Küsse vom Weihnachtsmann	71
Im Kinderzimmer	73
Seltener Unfall auf Station 3	76
Segenswünsche	77
Der ständige Begleiter	78
Ein Hallo in der Wüste	82
Peinlich, peinlich	84
Lesen gelingt nicht	87
Zwei Euro sind weg	89
Moderne Ernte	91
Gesetz und Gefühl – der Laptop	93
Das Bild des Winters	94
Licht wollen und nicht wollen	95
Mit 55 schon zu alt?	97
Wie ist das zur Wiederkunft Jesu?	99

Vorwort:

Ich sitze im Hochwald auf einem Jagdsitz. Die Jäger mögen es mir verzeihen, aber als Pfadfinder „muss" ich immer wieder mal auf einen erhöhten Sitz. Ich möchte die Natur sehen, auch die „bewegliche", also auch die scheuen Tiere. Ich verspreche auch, den Sitz so zu verlassen, dass man nicht negativ feststellen muss: Hier saß ein Rowdy.

Ich sitze auf diesem Hochsitz. Vor mir liegt eine Schonung. Um mich herum stehen hohe Fichten, ab und zu auch eine Buche. Ständig suche ich den Boden nach etwas Beweglichem ab. Ständig sehe ich mir die Bäume an. Ich entdecke Zapfen, unterschiedliche Grasfarben, Mulden und Hügelchen. Die Zeit vergeht, vielleicht eine knappe Stunde. Da! Da bewegt sich etwas. Ein Fuchs schlendert durch den Hochwald. Er kommt und setzt sich direkt unter meinen Sitz; er putzt sich erstmal. Ich falle fast vom Sitz, soweit muss ich mich vorbeugen. Alles geht gut. Als er meint, es reicht jetzt, schlendert er weiter. Irgendwoher findet er einen kaputten Gummiball. Damit spielt er ein paar Mal, dann verschwindet er ins Dickicht der Schonung. -Das war ja ein tolles Erlebnis im Wald. Ich bin innerlich ganz ruhig geworden und freue mich. Schon deshalb, denn manchmal sehe ich kein Tier, sitze ich gern am und im Wald.

Was ist daran besonderes? Jeden Tag oder besser jede Nacht „schlendern" die Füchse durch den Wald. Jeden Tag äsen die Rehe auf ihren Wiesen. Und jeden Tag biegen sich die Bäume im Wind. Das stimmt alles, aber wir merken es nicht. Kaum einer registriert es, brauchen wir gewöhnlich auch nicht. Aber diese kleine Begebenheit zeigt mir, dass es im Alltag so viel Interessantes und Bereicherndes zu sehen gibt und dass ich eigentlich so viel verpasse. Schade!

Ich möchte Sie zum Anhalten bewegen, zum einfach Hinsetzen, zum Beobachten des Augenblickes. Manches spricht uns an und hinterfragt sogar. Über anderes können wir schmunzeln. Aus manchen Augenblicken entstehen Wachträume. Diese kleinen Momente bringen aber Würze in unseren Alltag und lassen ihn gleich besser und schöner werden. Dazu sollen diese Seiten in diesem Büchlein anregen:

1) Wir dürfen das Getriebe unseres Lebens verlangsamen, vielleicht sogar anhalten.

2) Wir dürfen sehen, was es auch noch gibt, was uns so auffallen könnte.

3) Wir dürfen die kleinen Augenblicke des Lebens genießen und erleben, dass sie wie Miniurlaub sind.

Gott schenke es Ihnen.

Übrigens: Wenn Sie die Geschichten mögen, aber die Stichworte am Anfang und die Fragen zum Schluss nicht, dann vergessen Sie einfach das „Drumherum" und genießen die Geschichte. Nehmen Sie sich diese Freiheiten.

Auf dem Rummelplatz

Wiedermal findet in meiner Kleinstadt ein Rummel statt. Eigentlich gehe ich da nicht hin, nicht weil ich so etwas schlecht finde, sondern weil ich für die Fahrattraktionen einfach kein Interesse habe. Als Kind hat mich das eine oder andere schon mal gereizt, aber als Erwachsener finde ich diese Geschäfte nicht interessant. Aber dieses Jahr bin ich doch zum Rummel gegangen. Ich wollte kein Los kaufen, auch wollte ich kein Kettenkarussell oder Riesenrad fahren. Ich wollte einfach nur mal so gucken. Ich fand meinen kleinen Besuch als sehr interessant. Neu war mir ein Angebot für Kinder: Sie konnten in einen riesigen durchsichtigen Ball steigen, der auf dem Wasser schwamm. Der Ball wurde verschlossen und sie konnten sich darin bewegen, laufen, krabbeln, hinfallen und liegen und wieder aufstehen. Ich fand diese zwei Bälle mal eine andere Idee als die gewöhnlichen Angebote. Natürlich erinnerte ich mich beim Autoscooter an meine wenigen Fahrten. Auch auf dem Kettenkarussell fuhr ich als Kind einmal. Erst als Erwachsener bestieg ich ein kleines Riesenrad. Buden fürs Luftgewehrschießen oder zum Büchsen- und Ringewerfen habe ich immer bewundert. Versucht habe ich es nie, da war mir das Risiko zu groß, dass mein Einsatz nichts bringt. Auch die große Schaukel war nichts für mich. Dagegen fuhr ich gern Gespensterbahn. Ich war einfach zu nüchtern, um mich von ein paar herunterhängenden Fäden oder von einem nach vorn kippenden Gerippe beeindrucken zu lassen. Zuckerwatte, Lebkuchenherz und Brausewasser kaufte ich nie, das hat mir nichts gegeben. So „besuchte" ich die Fahrgeschäfte, sah sie mir an – und ging dann wieder.

Auf dem Nach-Hause-Weg hatte ich so manchen Gedanken zu meinem Rummelbesuch: Wir sollten als Christen auf den Rummel gehen. Er hat uns eine Menge zu unserem Glauben zu sagen:

- Wir sehen, wie man sich recht schnell bewegt, sich aber nur um sich selbst gedreht hat.

9

- Wir sehen, wie manches einfach so abgeschossen wird. Hoffen wir, dass das Gewehr in die richtige Richtung gehalten wird.
- Wir sehen, wie man dem anderen in die Karre fährt und dabei noch lacht.
- Wir sehen, wie manches aufgeblasen wurde, aber so gut wie nichts dahinter steht.
- Wir sehen, wie schnell man hoch hinaus kommt – aber auch ganz schnell unten auf dem Boden der Tatsachen landet.
- Wir sehen, wie man versucht, dem anderen Angst zu machen. Und manchmal klappt es auch.
- Wir sehen, wofür man viel Geld ausgeben kann und dafür so wenig erhält. Warum spenden wir es denn nicht gleich?
- Wir sehen, dass viel Geschrei auch wieder vergeht. Wozu dann?
- Wir sehen, wie manches umgeworfen wurde und trotzdem wieder aufgebaut wird.
- Wir sehen, wie viel Schausteller uns etwas verkaufen wollen, uns aber nichts fürs Leben bieten.
- Wir sehen, dass vernünftig gedachte Worte nur beim Bier gesagt werden, aber durch die Betäubung nicht gelebt werden können.
- Wir sehen, wieviel Leute das falsche Los ziehen und dafür nichts bekommen, außer einen Zettel, der sie daran erinnert.
- Wir sehen, wie man scheinbar fliegt, aber dabei nicht vorwärts kommt.
- Wir sehen, wie man den eigenen Adrenalinspiegel reizt, dabei nur die Gefühle trifft, vielleicht noch den Magen, aber nicht das Herz – unsere Einstellung.

Ist das alles? Oder gibt es noch etwas, was wir nicht sehen? Wir können jeden Satz für das Leben übertragen. Der Rummel – ein guter Prüfstand für unser Leben.

Zum Nachdenken: Welche Gedanken und Gefühle habe ich, wenn ich an Rummel denke? Muss das Leben immer tief und fest gegründet sein oder sollten wir nicht auch mal oberflächlich leben?

Wo bist du geboren?

Mann 1 wurde in Deutschland geboren. Er hatte noch eine Schwester und wuchs mit Schulbildung und Berufsausbildung auf. Als alter Mensch durfte er noch bis 87 sein Rentnerdasein genießen.

Mann 2 wurde in Mali geboren. Er kannte sein Leben mit dünnen Beinen und dickem Bauch. Sein ständiger Begleiter war mehr oder weniger ein Hungergefühl. Er versuchte zu arbeiten und ein paar Münzen nach Hause zu bringen. Leider starb er mit 23 Jahren.

Mann 3 wurde in Japan geboren. Er erlebte strenge Schulbildung in Schuluniform. Dann studierte er. Sein Jugendleben hatte ein Thema: Lernen in der Schule fürs Leben. Schließlich war er ein Bereichsleiter bei Toyota. Japan war stolz auf ihn.

Mann 4 wurde in Bulgarien geboren. Zunächst ging es ihm gut: Schulbildung und Berufsausbildung. Dann kam die politische Wende: Man war zwar freies Land, hatte aber kaum noch Lebensabsicherung. Trotzdem kam er mit dem Wenigen durch und durfte seinen Altenteil bei seinen Kindern genießen.

Mann 5 wurde in Afghanistan geboren. Er lebte und arbeitete im elterlichen Besitz. Als er 16 war, wurde ihm ein Mädchen – sie war 13 – gegeben. So richtig konnte er sie nicht lieben, aber der männliche Trieb übermannte ihn: er hatte mit ihr 8 Kinder. Leider starb eins. Schreiben und Lesen konnte er nicht; ein Schulbesuch war für ihn nicht möglich.

Mann 6 wurde auf Tokelau in der Südsee geboren. Sobald er ein bisschen Kraft fühlte, ging es mit den anderen Männern hinaus aufs Meer. Auch sonst half er, wo er nur konnte. Schulbildung? Fehlanzeige. Seine Bildung erfuhr er durch die Lebenserfahrung der Älteren.

Mann 7 wurde zwar in Italien geboren, allerdings in einem Zirkus. Seit frühester Kindheit lernte er irgendwelche Kunststücke: mit sieben Bällen jonglieren, auf Stelzen laufen, auf Schweinen reiten. Radschlagend „ging" er durchs Zirkusdorf. Seine schulische Bildung geschah an verschiedenen Orten, je nach dem wo sie gerade standen. Zumindest konnte er lesen und schreiben und etwas rechnen. Kunst und Glamour waren sein Leben.

Und die anderen?

Frau 1 wurde in Pakistan geboren. Sie hatte noch 9 Geschwister. Das Wort „Schule" kannte sie nicht. Sie wusste: Eine Frau ist für die Hausarbeit und zur Befriedigung des Mannes da. Den bekam sie auch, allerdings erst mit 14. Sie kannte ihn vorher nicht, ihr Vater suchte ihn für sie aus; er war ein anständiger Kerl. Von ihm bekam sie 6 Kinder.

Frau 2 wurde in China geboren. Da sie das dritte Mädchen in der Familie war, durfte sie eigentlich nicht leben. Sie hatte Glück: Sie war überaus sportlich. Nach der intensiven Schulbildung ging sie auf die Hochschule für Körperkultur, Bereich Schwimmen. Sie wurde mit Chemie vollgepumpt – und wurde eine von Chinas erfolgreichen Schwimmerinnen.

Frau 3 wurde in den Niederlanden geboren. Sie lernte das Leben einfach zu nehmen wie es ist. Das half ihr in der Schule, im Beruf, in der Familie (zwei Kinder) – überhaupt im Leben. Alles musste praktisch sein, klar und eindeutig. So lebte es sich am besten.

Frau 4 wurde in Brasilien geboren. Sie ging zur Schule, auch wenn es nicht selbstverständlich war. Leben bedeutet Emotion: Karneval, Feiern, Jubeln – und auch Trauern. Aber eins war noch wichtig: Ihr katholischer Glaube. Es gehörte zum Leben, bestimmte Regeln einzuhalten; so verlangten es die Priester.

Frau 5 wurde in Somalia geboren. Sie gehörte in eine christliche Familie. Lesen, Schreiben und etwas Rechnen lernte sie. Sie war glücklich. Eines Tages wurde sie von Männern mitgenommen. Entweder wurde sie Muslimin oder sie musste sterben. Eigentlich wollte sie lieber sterben, aber sie musste jetzt ein Kopftuch tragen und moslemisch leben. Mit dem ihr zugeteilten Mann musste sie ein Kind nach dem anderen austragen. Sie fühlte sich missbraucht. Aber im Herzen blieb sie Christin.

Frau 6 wurde in Sambia geboren. Sie wusste nicht, was Brot ist. Täglich aß sie einen Brei aus Süßkartoffeln. Allerdings gab es auch Tage ohne Essen. Sie wurde kränklich und schwach. Eines Tages stand sie nicht mehr von ihrem Flecken Lehmboden auf, sie atmete nicht mehr.

Frau 7 wurde in einem Palast geboren, vielleicht in London oder in Madrid oder in Monaco oder in Stockholm. Sie wurde nicht nur als Baby gecremt und gepudert. Eine Hauslehrerin gab ihr in allen möglichen Fächern Unterricht. Sie fühlte es: Sie war etwas Besseres als alle Menschen, die sie in ihrer Stadt manchmal – aus einem Auto heraus – sah.

Und du? Oder auch Sie? Jeder nach seiner Umgebung! Was bedeutet das?

Fragen zum Nachdenken: Was können Sie zu Ihrer Umgebung beitragen? Wichtiger: Was machen Sie aus Ihrem Leben? Warum tun Sie was? Welche Ziele haben Sie im Leben?

Geburtstagsvorbereitungen

Sven hat bald Geburtstag. Er weiß ganz genau, wie lange es noch dauert: noch 14 Tage. Natürlich freut er sich darauf. Er denkt: „Ach, könnte nicht jeder Tag Geburtstag sein? Schade, dass ich nur einmal geboren bin." Aber im nächsten Augenblick – er rutscht auf die andere Stuhlkante – denkt er: „Wen kann ich alles einladen?" Und während er so nachdenkt, holt er schnell einen großen Zettel und einen Stift, denn er will alle genau aufschreiben, damit er niemand vergisst: Zu meinem Geburtstag sollen kommen:

Paule – der spielt gut Fußball

Kalle – sein Banknachbar

Robbi – den brauchen wir, denn wenn er wieder Witze erzählt, können wir wieder lachen

Schwengler – wie hieß er mit Vornamen? – ach nee (er streicht ihn wieder durch)

Karsten – der muss mit dabei sein, sonst ist er eingeschnappt

Bohne – nicht (er streicht ihn wieder durch)

Frieder – vielleicht schenkt er mir Einige von seinen Briefmarken?

Blattlaus (er hieß eigentlich Knut, weil er aber so klein war und überall durchhuschte, nannten sie ihn Blattlaus) – Oh, ja, der fetzt.

Nun war Sven zufrieden, ja – er freut sich schon darauf. Und freudestrahlend schraubt er sich nach oben und geht zu Mutti: „Hier, Mutti, ich hab' mal alle aufgeschrieben, die zu meinem Geburtstag kommen sollen." Mutti liest. Sven wartete voller Spannung. „Schön, dass du Kalle eingeladen hast." „Das ist ja auch mein Banknachbar!" – „Wie heißt der hier?" „Den habe ich doch durchgestrichen!" „Und wer war das?" „Welcher? Ach, Schwengler." „Du meinst Rudolph!" Kopfnicken. „Ich kam nicht auf seinen Vornamen." „Und warum darf er nicht kommen?" „Ach, der. Der stinkt ein bisschen. Außerdem drängelt er sich überall hinein. Den brauchen wir nicht." Die Mutter liest schweigend weiter. „Und warum darf Bohne – wie heißt er? – nicht kommen?" „Alwin? Den hab' ich doch auch durchgestrichen! Das siehst du doch!" „Ja! Was gefällt euch an Alwin nicht?"

„Sein Vater ist ein Assi, weißte, der verqualmt alles. Seine Mutter, so sagte er uns mal, säuft. Da geht er am liebsten immer raus. Das könne er nicht mit ansehen. Der bringt uns doch ganz miese Stimmung."

„Weißt du, Sven, in meiner Bibel steht eine interessante Geschichte." Die Mutter holt ihre Bibel und blättert, bis sie Lukas 14, 16-23 findet: „Es war ein Mensch, der machte ein großes Abendmahl und lud viele dazu ein. Und er sandte seinen Knecht aus zur Stunde des Abendmahls, den Geladenen zu sagen: Kommt, denn es ist alles bereit! Und sie fingen an alle nacheinander, sich zu entschuldigen. … und konnten nicht kommen. Und der Knecht kam zurück und sagte das seinem Herrn. Da wurde der Hausherr zornig und sprach zu seinem Knecht: Geh schnell hinaus auf die Straßen und Gassen der Stadt und führe die Armen, Verkrüppelten, Blinden und Lahmen herein. Und der Knecht sprach: Herr, es ist geschehen, was du befohlen hast; es ist aber noch Raum da. Und der Herr sprach zu dem Knecht: Geh hinaus auf die Landstraße und an die Zäune und nötige sie hereinzukommen, dass mein Haus voll werde."

Sven verstand, was der Heiland mit dieser Geschichte sagen wollte und so lud er auch Rudolph und Alwin ein, obwohl ihm das nicht so richtig zusagte.

Übrigens wurde das ein toller Geburtstag mit viel Spaß, auch mit Rudolph und Alwin.

Zum Nachdenken: Warum gibt es Menschen, die uns unsympathisch sind? Wie kommt man mit Menschen zurecht, die man nicht leiden kann?

Geburtstage

Solche großen Tage im Leben können sehr unterschiedlich ausfallen. Neulich dachte ich:
„Wie verschieden hast du bisher deine Geburtstage erlebt?"
Der Rahmen ist immer derselbe, egal wer aus der Familie Geburtstag hat. Wenn wir
zusammen sind, gibt es für das „Geburtstagskind" einen kleinen Gabentisch, meist mit
einer Torte und einer Kerze vervollständigt. Manchmal stehen auch Blumen dabei.
Natürlich nehmen wir uns etwas Zeit, die Geschenke zu betrachten und zu gratulieren.
Das ist der eine Eckpunkt an so einem Tag. Den zweiten Eckpunkt finden wir am
Nachmittag: Natürlich das Kaffeetrinken. Hier wird die Torte angeschnitten. Meistens
findet dieses Kaffeetrinken in Familie statt, manchmal sind Bekannte unsere Gäste. Seit
1994 macht mir meine Frau eine hervorragende Torte: Eine selbst hergestellte exzellente
Schwarzwälder Kirschtorte. Auch sie ist mittlerweile Tradition geworden, zumindest,
wenn wir zu Hause feiern. Wenn an diesem Tag viel Zeit ist, z. B. ein Sonntag oder ich
mir frei nehmen kann, unternehmen wir gemeinsam etwas. Gemeinsam heißt, alle, die
gerade zu Hause sind und können. Übrigens freue ich mich auch über Blumensträuße. Es
ärgert mich immer, wenn ich einen bekomme und den Zusatz hören muss: Für deine
Frau. Nicht dass ich ihr die Blumen nicht gönne, ab und zu kaufe ich auch einen für sie,
aber mich ärgert das Klischee: Blumen sind für Frauen.
Da ich im August Geburtstag habe, waren wir als Kind oft bei unserer Oma in
Mecklenburg. Wir luden unsere Freunde ein, dazu gab es meistens Obsttorte und wir
machten Tischspiele. Bei schönem Wetter gingen wir auch hinaus. Das war immer so,
wenn wir bei Oma waren. Ein kleiner Höhepunkt.
1978 waren wir zu meinem Geburtstag in der Hohen Tatra. Unterwegs habe ich immer
gern Geburtstag gefeiert, weil schon die Umgebung anders als zu Hause war. An diesem
Tag machten wir natürlich auch eine Wanderung. Ich wünschte mir, dass ich Gemsen
sehen könnte. Und es wurde mir geschenkt: Auch wenn sie ziemlich weit weg am

gegenüberliegenden Hang standen und saßen – ich durfte Gemsen in freier Wildbahn sehen. Später sah ich Gemsen viel näher als an diesem Tag. Aber es war ein besonderes Geschenk, worüber ich mich sehr freute.

Mein 40. Geburtstag wird mir unvergesslich bleiben: Wir zogen nach Grimma und hatten 4 Wochen später 3,80 m Hochwasser in unserem Häuschen in der Stadt. An meinem 40. Geburtstag – es war ein Sonntag – zogen wir in eine Übergangswohnung ins Neubaugebiet. Der Hausflur war schmutzig, die Wohnung eng, nach feiern war mir nicht zumute. Jemand brachte Kuchen mit, weil er gehört hatte, dass ich Geburtstag hatte. Er hat mir alles andere als wirklich geschmeckt: Es war ein trockener teigiger Blechkuchen. Dabei esse ich am liebsten feuchten Obstkuchen.

Aber auch das gab es: 1992 waren wir in Barth an der Ostsee im Urlaub. Gerade an meinem Geburtstag tat mir mein Knie so sehr weh, dass wir kaum etwas unternehmen konnten. Wir liehen uns einen Wagen aus, in dem vier oder sechs Personen sitzen konnten. Die vordersten zwei konnten durch Pedale das Fahrzeug vorwärts bewegen. - Manchmal machten wir zu unseren Geburtstagen auch ein Geschenk. Zu diesem Geburtstag in Barth erhielt Dan ein Duplo-Auto und Christian eine LEGO-Feuerwehr. Er spielte damit sehr realistisch: Er fuhr die Feuerwehr an eine Kerze, stellte die Leiter auf dem Fahrzeug auf und ließ einen Feuerwehrmann hinauf gehen, mit dem Schlauch in der Hand. Allerdings war der Feuerwehrmann aus LEGO so dicht an der Kerze, dass die Plaste sich ein wenig verformte. Damit war der Einsatz am richtigen Feuer vorbei.

Mancher Geburtstag wurde durch zahlreiche Telefonate gewürzt, so oft in Grimma. Hier riefen sehr viele Kirchgemeindemitglieder an und gratulierten. Das kannte ich von früher nicht, so war auch das ein besonderer Höhepunkt.

Meinen 50. Geburtstag feierten wir ganz in Familie. Wir waren wieder mal im Urlaub, diesmal in Quedlinburg im Harz. Am Nachmittag hatten wir diesmal kein Kaffeetrinken, sondern einen gründlichen Besuch im italienischen Eiscafe.

2009 schuf ich mir einen besonderen Höhepunkt: Ich hatte an einem Dienstag Geburtstag. Ich fragte meine Tante, ob ich noch mal in den großelterlichen Garten dürfte. Ich war dort schon so lange nicht, habe aber eine Menge Kindheitserinnerungen. Wir vereinbarten einen Termin an diesem Tag. Als wir uns dort trafen, meinte meine Tante: „Mensch, du hast doch heute Geburtstag." Zu dritt – meine Frau war noch mit dabei – feierten wir dort ein bisschen, wo ich als Kind oft gewesen war.

Und so gibt es noch so manchen ganz anderen als normalen Geburtstag, z. B. bei meinen Schwiegereltern feierten wir erst meinen und vier Tage später den meines Schwiegervaters. Oder: In einem Jahr war unsere Hilfsorganisation ADRA in Aue zu Gast. Also: Sie waren zum Parkfest da, weniger zu meinem Geburtstag. Aber beide Anlässe fielen auf dasselbe Datum. Da wir alle Arbeit mit unseren Ständen hatten, blieb nicht viel Zeit zum Feiern. Aber dass ADRA zu meinem Geburtstag da war, fand ich prima. Oder: In einem Jahr fielen wieder mal zwei Höhepunkte fast zusammen: Mein Geburtstag und am nächsten Tag der Schulanfang unserer Tochter. Deshalb waren meine Schwiegereltern, meine Schwägerin und mein Vater bei uns zu Besuch. Ich weiß noch, dass die Schwiegereltern und meine Schwägerin am Morgentisch mir ein Lied sangen. Auch das fand ich mal interessant.

Wenn ich Geburtstag habe und an diesem Tag in einer Gemeinde die Predigt zu halten habe und die Gemeinde nicht weiß, dass an diesem Tag mein Geburtstag ist, lass ich gern zur Predigt eins meiner Lieblingslieder singen. So singen sie mir mein Lied, auch wenn sie es nicht wissen.

Geburtstag – viele empfinden diesen Tag als einen besonderen. Besonderheiten machen unser Leben wertvoller. Vielleicht sollten wir nicht nur unsere Geburtstage als besondere Tage feiern, es gibt sicherlich noch mehr Möglichkeiten und Anlässe.

Fragen zum Nachdenken: Wann war mein letzter Tag mit Besonderheiten? Wodurch wird für mich eine Sache zu einer besonderen Sache? Wann wird mein nächster besonderer Tag sein – und wie?

50. Geburtstag

Ingo hat 50. Geburtstag. Soll man sagen, dass er die erste Lebenshälfte beendet hat und beginnt die zweite – oder beleidigt man ihn mit so einer Aussage? Vielleicht will er wie ich 120 Jahre alt werden. Ingo feiert richtig groß: Ein Saal wird gemietet, schon am Tag zuvor wird vorbereitet, ach, was sage ich, bereits Wochen vorher beginnt die Vorbereitung: Lieder werden eingeübt, Leute werden eingeladen (50 Leute zum 50.?), Programm wird ausgedacht, Getränke werden herangeschleppt, eine große Tafel gestellt, Salate vorbereitet, zum Grillen eingekauft. Bloß gut, dass ein Herzinfarkt bei so viel Arbeit ausbleibt. Und dann wird gefeiert. Die vielen Papierschlangen lassen auf eine Faschingsfeier schließen, aber im Juli ist das ausgeschlossen. (Vielleicht sind es 50 Stück – nur ich habe es nicht mitbekommen.) Gesungen (50 Lieder?), gelacht (50 Witze?), Geschenke ausgepackt (schon deshalb scheint sich so eine Feier zu lohnen). Die Stimmung ist gut. Bei Allem bleiben auch Nischen, in denen man sich zu zweit oder zu dritt zurück ziehen kann. Es ist ein fantastischer 50. Geburtstag. So eine Feier erlebten alle lange nicht.

Lutz hat auch 50. Geburtstag. Auch bei ihm will die Gratulation gut überlegt sein. Aber Lutz feiert nur im kleinen Kreis seiner Familie. Er sagt sich: Warum muss ein 50. Geburtstag wie eine Hochzeitsfeier begangen werden? 50. Geburtstag ist nicht gleich 50. Hochzeitstag. Und außerdem: Was ist der Unterschied zwischen 50. Geburtstag, 49. Geburtstag und 51. Geburtstag? (Die Gemeinsamkeit kennt er: es liegt immer ein Jahr dazwischen.) Wenn die Statistik eine Person wäre, würde sie sich vielleicht freuen. Aber im Leben ändert sich doch nichts. Warum machen wir uns zum Knecht der Statistik? Gut, die einen sagen: Man kann Kontakte zu anderen Menschen knüpfen und pflegen. Kann man das zum 49. Geburtstag etwa nicht oder zum 53. oder zum …? Feiern kann man doch eigentlich immer, wenn man will. Z. B. bei einer Grillfete, wo nicht so viele Leute da sind, kann die Gemeinschaft vielleicht sogar besser sein. Lutz hält nichts von riesigen

Feiern. Lutz geht mit seiner Familie in eine gute Eisdiele. Das ist auch ein Erlebnis und ein Genuss. Es war für die ganze Familie ein kleiner Höhepunkt.

Gert hat auch 50. Geburtstag. Aber Gert ist gar nicht nach Feiern zu Mute. Er liegt im Bett. Seit zwei Jahren hat er Krebs. Er merkt, dass er immer schwächer wird. Er will nicht singen, nicht feiern, er will diesen Tag einfach genießen. Er ist seinem Gott dankbar, dass er überhaupt noch leben darf. Eigentlich hatten die Ärzte ihm nur noch ein Jahr gegeben. Er nimmt sein Schmerzmittel, das er seit Kurzem nehmen muss, sonst hält er's nicht mehr aus. Seine Frau kommt und gratuliert ihm ganz lieb: „Mein lieber Schatz, ich gratuliere dir zu deinem Geburtstag und wünsche dir alles Gute, was es für dich auch heißen mag: Vielleicht etwas weniger Schmerzen, vielleicht Augenblicke der Freude, inneren Frieden und Dankbarkeit für vieles Erlebte. Gott segne dich!" „Danke, es ist schön, dass du zu mir hältst. Allein wäre es noch schlimmer. Auch wenn ich dir viel Arbeit und Mühe mache – danke, dass du es für mich aufnimmst." So sitzen sie einfach da. Gert hat zu mehr keine Kraft mehr. Aber dass seine Frau einfach da ist, sie gemeinsam den Augenblick erleben dürfen – das ist schön. – Nach einer Weile klingelt es. Nachbarn kommen, gratulieren und stellen ihm einen schönen bunten Dahlienstrauß auf den Tisch. So schöne Blumen. Auch wenn manche meinen, Blumen sind nur etwas für Frauen, freut sich Gert an diesem wunderbaren Strauß. – Am Nachmittag kommen die Kinder mit ihren Familien. Das wird anstrengend für ihn. Aber mit ein paar Schmerztabletten mehr geht es. Er kann allen fast nur zuschauen. Er freut sich an seinen Kindern und Enkeln. Schön, dass sie da sind. -

Wie lange geht es noch mit ihm? Wie lange darf er noch leben?

<u>Zum Nachdenken:</u> Sollten wir große Feste feiern oder nur im kleineren Kreis? Welche Vor- und Nachteile hat beides? Dürfen wir beim Feiern die Kranken vergessen?

Klassentreffen

Sonnabend Mittag – ich sitze ganz entspannt im Auto und fahre – wie wird das werden, wie sind sie heute, erkenne ich sie überhaupt wieder – lange war ich nicht in dieser Stadt, in der ich fünf Jahre zur Schule ging. Anlass für meine Fahrt ist ein Klassentreffen: 30 Jahre Einschulung, das bedeutet, dass wir alle 36 bzw. 37 Jahre jung sind. Die Gedanken kreisen um verschiedene Situationen, Fragen über Fragen kommen an die Oberfläche. Worauf lasse ich mich ein? Was will ich heute von den damaligen Kindern? Muss dieser Gefühlscocktail sein? Und dafür verlasse ich meine Familie? Ich merke eine Anspannung, eine offene Anspannung.

Nach 1,5 h Fahrt komme ich an, weit vor der vereinbarten Zeit. Ich stelle das Fahrzeug in der Nähe meiner ehemaligen Schule ab und mache Besuche: Hier ist der Schulhof, wo ich manchmal herumgerannt bin, wo die älteren Schüler Gemüse aus dem Schulgarten verkauften. Hier ist das große Schulgebäude, das wir uns später näher ansehen wollen. Und hier, ja in diesem Haus hast du mal gewohnt. Ich hatte das Glück, nur vier Häuser und eine Querstraße entfernt von der Schule gewohnt zu haben. Ich habe es als Glück gesehen: Kurzer Weg, was mir viel Zeit ersparte; wenn ich etwas vergaß, konnte ich nochmal schnell nach Hause flitzen. Ich ging spazieren, die Nebenstraßen entlang, neben dem Wallgraben, den Fußweg als meinen Schulweg – ich ging spazieren, auch im Geiste erlebte ich die Zeit als Schuljunge fast noch einmal, allerdings heute mit etwas Lebenserfahrung.

Und dann kam die Zeit, dass ich beschloss, über den Schulhof die Schule zu betreten. Da standen einige Erwachsene, ich kenne sie nicht. Ich gehe auf sie zu: „Hallo, ich komme zum Klassentreffen, bin ich hier richtig?" „Armin! Mensch, wir haben uns ja lange nicht gesehen." (Ich fragte mich, woher sie mich denn erkannten. Als ich hörte, dass sie schon einige Klassentreffen erlebten, war klar, dass ich hier als der fast einzige Unbekannte nur der erwartete Armin sein musste.) Und jetzt geschah es total: ich wurde gefangen. Nein, nicht mit Handschellen, sondern emotional. Ich tauchte in eine Märchenwelt ein, in eine virtuelle Welt, obwohl sie Wirklichkeit war. Ich sah sie, mit denen ich auf einer Schulbank saß, als Kind – aber wir waren heute alle erwachsen. So also sahen sie heute aus, ich glaubte es einfach, man hätte mir auch andere Leute hinstellen können, ich hätte es auch geglaubt. So sehen Kinder aus, wenn sie erwachsen werden und selbst Kinder haben.

Wir gingen in ein Klassenzimmer. Für mich war alles fremd; ich zog nach der fünften Klasse weg, sie erlebten die Schule fünf weitere Jahre in der DDR. – Wir setzten uns in eine Schulbank. Ehe ich es mir versah, saß eine schicke Frau neben mir; Heike war auch die Kontaktperson bei der Anmeldung. Sie war als Frau mindestens genauso schön, wie ich sie als Klassenkameradin empfand. Sie holte ein Klassenfoto heraus, ich hatte es auch, zu Hause. „Das ist Lutz." Sie zeigte mir den Lutz auf dem Foto und den heutigen. Und das ist Sibylle; und das Petra; und das ist Ralf (er erzählte mir auf dem Weg zum Sport die neuesten Filme der Olsenbande); und hier Uwe (wir waren eine Zeit lang befreundet); und wer ist das? Und hier … So verglichen wir die Erwachsenen mit den Kinderaugen auf den Fotos, jeder lächelte mich freundlich an. Und dann unterhielten wir uns, mal mit dem einen, mal mit dem anderen: „Was hast du bisher im Leben so erlebt?" Familie, Kinder, geschieden, Kinder weggezogen, Handwerk gelernt, als Redakteurin gearbeitet, arbeitslos geworden, man schlaucht sich so durch, einzelne Beschäftigungen, lange krank gewesen, schöne Urlaubsreisen erlebt, … Und ich staunte innerlich, nahm die Eindrücke auf. Ich konnte das alles gar nicht fassen.

Zum Abendessen verlagerten wir unser Treffen in eine Gaststätte. Dort erzählten wir weiter. „Ich weiß von dir nicht viel, aber du hattest meistens ein Stück Gurke mitgebracht und hattest eine dunkelgelbe Strickjacke an." (Ich konnte mich daran erinnern, dass ich eine Strickjacke hatte, die anscheinend mitwuchs. Ich trug sie jahrelang, sie war nicht schlecht.) Und wir erzählten von Lehrern; ich konnte mich bei weitem nicht an alle erinnern. Wo war Sabine? Sie kam eigentlich ein Jahr später in unsere Klasse. Sie hat Pädagogik studiert und ist irgendwo in den alten Bundesländern Lehrerin (war ja auch eine Lehrerstochter, wir beide gehörten mit zu den Leistungsspitzen der Klasse). Sie konte leider nicht kommen. Die Zeit verging. Ich hörte zu, wir lachten gemeinsam. Manchem wurde die Zunge leichter, das war mein Zeichen, dass ich hier bald genug hatte. Und unsere Klassenleiterin? Sie war damals eine junge Frau. Sie kommt vielleicht später. Ich fand sie toll, war als Schuljunge fast verliebt in sie. Sie wohnt in einem Dorf, das auf meiner Fahrstrecke liegt. Ich beschloss, sie zu besuchen.

Mit diesem Grund verabschiedete ich mich, musste ich ja wirklich noch ein ganzes Stück fahren; die meisten lebten nach wie vor in diesem Städtchen. Ich fand das Wohnhaus meiner ehemaligen Klassenlehrerin schnell, klingelte und sie öffnete. „Guten Abend. Ich bin der … und komme vom Klassentreffen und wollte Sie besuchen." Sie ließ mich herein. Wir setzten uns im Wohnzimmer und unterhielten uns. Sie war genau noch so reizvoll wie ich sie als Junge empfand. Nach einer halben Stunde wollte sie nun doch noch zum Klassentreffen fahren – und ich fuhr nach Hause.

Was war das für ein Tag? So etwas hatte ich bis dahin noch nie erlebt. Meine Gefühle fuhren mit mir Achterbahn. Ich ging wie neben mir, ich hing den Begegnungen nach, auch ärgerte ich mich, weil ich noch so manches hätte fragen können. Aber dieser Ärger bestimmte mich nicht. Ich kam mir vor wie in einem großen Museum: staunend durchschritt ich die Räume. Schließlich musste ich an ein Lied denken – so ähnlich, auch wenn ich damals mit keinem Mädchen befreundet war, erging es mir auch, emotional. Es ist das Lied „Jugendliebe" von Ute Freudenberg: „Er sprach von Liebe - Dabei waren sie noch nicht mal fünfzehn Jahr'

Schwor große Worte - Und er küsste sie und streichelte ihr Haar

Sie sprach vom Träumen - Und wie gerne würde sie ihm alles glauben - Malte mit ihm Bilder - Von dem Leben, das sie sich dann beide bauten

Jugendliebe bringt - Den Tag wo man beginnt - Alles um sich her - Ganz anders anzuseh'n

Haha, Lachen trägt die Zeit - Die unvergessen bleibt - Denn sie ist - Traumhaft schön

Er traf sie wieder - Viele Jahre sind seit damals schon vergangen - Sieht in ihre Augen Und er denkt zurück, wie hat es angefangen

Jugendliebe bringt - Den Tag wo man beginnt - Alles um sich her - Ganz anders anzuseh'n.

Haha, lachend trägt die Zeit - Die unvergessen bleibt - Denn sie ist - Traumhaft schön

Jugendliebe bringt - Den Tag wo man beginnt - Alles um sich her - Ganz anders anzuseh'n.

Haha, lachend trägt die Zeit - Die unvergessen bleibt - Denn sie ist - Traumhaft schön

Er sprach von Liebe, - Schwor große Worte - Und er küsste sie und streichelte ihr Haar

Er sprach von Liebe..."

Dieses Fasziniert-Sein, wovon dieses Lied singt, erfasste mich an diesem Tag total: Fasziniert von damals, das man heute nochmal erfühlt, ein Teil ist wie damals, aber wir leben im Heute, fasziniert von den Menschen – ich hätte für mich noch Zeit gebraucht; meine Seele kam nicht so richtig nach, vielleicht Tage, Wochen – dann hätte ich alles einordnen können. Aber diese Zeit hatte ich nicht, denn ich war wieder ohne diese Menschen.

Mit Heike traf ich mich noch einmal und stellte ihr viele, auch ganz doofe Fragen. Es half mir, alles einzuordnen, meine Seele auch ankommen zu lassen. Dafür bin ich ihr dankbar, dass sie für mich diese Zeit eingeräumt hatte. Danach ging ich wieder aufgeräumter durch meine Welt. Es war ein Klassentreffen besonderer Art mit einem ganz besonderen Gefühl in einer besonderen Zusammenstellung und Faszination – ein Erlebnis, dass sich mir besonders einprägte.

<u>Zum Nachdenken:</u> Welche Erlebnisse hast du von deiner Vergangenheit/Schulzeit/Kindheit? Was machen sie mit dir? Wie ordnen wir sie heute ein?

Entscheidungen für Jesus

Er war eigentlich ein Gegner von jedem Christlichen. Kirche ist Kinder- und Frauensache, aber nicht für ihn. Er braucht so etwas nicht. Seine Frau war eine gläubige Frau, sie betete mit ihren Kindern darum, dass sich auch der Vater für Jesus entscheidet. Sie ging mit ihren Kindern jede Woche zum Gottesdienst. Vater machte ihnen manchmal Probleme. Er wollte eigentlich nicht, dass sie ihre Zeit mit diesem christlichen Kram verschwendeten, aber sie gingen. Schließlich gab er es auf, Schwierigkeiten zu machen; er merkte, sie gehen trotzdem und bleiben gläubig. Schaden hatte er davon keinen. Sie beteten weiter. Wenn seine Familie über Jahre so fest an diesem Jesus hielt, ist das sicherlich keine persönliche zeitbedingte Masche. Mit der Zeit merkte er, dass Jesus auch etwas für Männer ist. Dieses Mit-Jesus-leben sprach ihn irgendwie an, auch gab es ihm Kraft für den Alltag, er ließ sich mit Jesus einfach besser leben. So ging er eines Tages mit zum Gottesdienst, aber er war dort ganz still. Aber dann hat er doch mal auf eine Frage geantwortet, die im Gottesdienst gestellt wurde. Natürlich freute sich die Familie über die Wende im Vater. Sie beteten weiter, er möge doch Jesus auch sein Herz schenken. Bei einer Gelegenheit sprach eine Bekannte mit ihm: „Und du Franz? Du kommst mit zum Gottesdienst, kennst alles, lebst danach. Warum lässt du dich nicht taufen? Warum eigentlich nicht?" Und da dachte er sich: Ja, warum eigentlich nicht. Und so ließ er sich – mit 64 Jahren – taufen: Seine Entscheidung für Jesus stand fest. ---
Er war ein junger Mann. Er lebte in einer christlichen Familie. Leben als Christ war für ihn normal. Aber dann erzählte man ihm etwas, das ihn sehr nachdenklich machte: „Wir müssen uns entscheiden. Unsere Welt wird von zwei Mächten regiert. Wir sind quasi die Schauspieler in diesem großen Theaterstück vor dem Universum. Es heißt: Der Kampf zwischen Licht und Finsternis. Wir müssen uns entscheiden, auf welcher Seite wir stehen, leben, spielen. Die eine Seite heißt Satan. Satan verkörpert den reinen Egoismus. Konkurrenzkampf und Selbstverwirklichung bis zum Letzten sind seine Prinzipien. Was

kommt dabei heraus? Im Konkurrenzkampf müssen die anderen niedergemacht werden, denn sonst bin ich nicht der Größte. Kriege sind eine Form dieses Kampfes. Und Selbstverwirklichung? Das ist doch nicht schlecht – oder? Wenn ich mich bis zur letzten Konsequenz verwirklichen möchte, ist für den anderen neben mir kein Platz. Das Ergebnis ist eindeutig: Leid und Zerstörung des anderen. Nicht immer wird dieses Prinzip in der letzten Radikalität gelebt, deshalb sind die Ergebnisse nicht immer so radikal eindeutig; aber sie sind da. Die andere Seite heißt Gott/Jesus. Jesus ist Liebe, so sagt die Bibel. Liebe in Sinne Jesu ist selbstloses für den anderen Da-sein. Liebe hilft dem anderen zur Entfaltung, sie baut auf, sie setzt alles dafür ein, dass sich der andere wohl fühlt. Nicht das Ich spielt die Hauptrolle sondern das Du. Und das Ergebnis ist Frieden und Freude. Wir müssen uns entscheiden, auf welcher Seite wir mitspielen wollen. Auf einer Seite spielt jeder Mensch." Der junge Mann brauchte nicht lange, um sich zu entscheiden: Für Zerstörung wollte er nicht da sein, das lohnt sich nicht wirklich. Er wollte sich für Frieden und Freude, für Jesus einsetzen. Jetzt war es ihm klar: Er gehört zu Jesus – und so ließ er sich taufen: Er machte sein Leben an Jesus fest.

Zum Nachdenken: In welchen Situationen ist mir bewusst geworden, dass es um mehr als Wohlstand geht? Welche Vorteile könnte ein Leben mit Jesus haben?

Wie ist Gott?

Leon hatte einen turbulenten Tag: Sie waren heute mit der Klasse bei der Polizei. Dort haben sie gesehen, wo die Polizei ihr Büro hat, welche Fahrzeuge sie fährt, worin sich die Fahrzeuge unterscheiden: Der Mannschaftswagen, die schnelle Einsatzlimousine, das fahrbare Büro und das wendige Motorrad. Auch die Hundestaffel durften sie ansehen; aber keinen Hund streicheln. Es war ein toller Tag. Am Abend sank er müde ins Bett. Nachdem die Mutter noch am Bett gebetet hatte, kam ihm doch noch eine Frage: Mama, wie ist Gott? Die Mutter überlegte. Sie erzählte: In Dortmund machte die Polizei Verkehrskontrollen. Besonders nahm sie sich die schnellen Autofahrer vor. Wachtmeister Hennig winkte mit der Kelle ein Fahrzeug heran. „Guten Tag, Wachtmeister Hennig. Ihren Führerschein und die Fahrzeugpapiere bitte." – „Hier sind die Fahrzeugpapiere, meinen Führerschein habe ich nicht bei mir." – „Ach, der Herr Reuß, Marko Reuß. Wir trafen uns doch schon mal bei so einer Kontrolle. Sie können ihren Führerschein gar nicht bei sich haben, weil sie keinen besitzen." – „Aber ich fahre doch ordentlich." – „In der Straßenverkehrsordnung steht mit keinem Satz, dass Fußballspieler keinen Führerschein brauchen. Auch für sie gilt das." – Hier musste der Polizist streng sein. Vergehen müssen bestraft werden.

Aber die Verkehrskontrolle ging ja noch weiter. Plötzlich hielt ein Fahrzeug, die Scheibe wurde heruntergelassen. Der Polizist kam: „Ich hatte sie doch gar nicht hergewunken. Warum halten Sie dann?" Eine Frau war völlig verzweifelt: „Ich habe für heute Abend zwei Karten für das Musical Starlight-Express in Bochum. Mit meinem Freund möchte ich mich dort treffen. Aber ich irre jetzt schon eine Stunde durch die Stadt. Sagen Sie, wie komme ich nach Bochum?" Wachtmeister Hennig erkannte die verzweifelte Lage und erklärte der Frau in Geduld und bestmöglicher Freundlichkeit, wie sie fahren müsse. Erleichtert fuhr sie weiter. Das passierte ihm auch nicht alle Tage, dass man anhält und den Weg erfragt.

Ja, so ist Gott auch: Bei manchen Leuten und in manchen Situationen muss er streng sein, da ist er der große Gott, dem wir gehorchen müssen. Aber er liebt uns, deshalb ist er oft freundlich und geduldig mit uns. Er ist wie ein richtiger Polizist: Nett aber auch eine Autorität.

Jetzt wusste Leon Bescheid: Wie ein Polizist ist Gott: Nett und auch Amtsperson. Das ist gut, denkt er, so ist er immer Herr aller Situationen. Und im Denken an Gott und die Polizei schlief er ein.

Fragen zum Nachdenken: Wann habe ich Gott „nett" und „autoritär" erlebt? Was gefällt mir besser; was brauche ich?

Gut – besser – am schlechtesten?

Alle freuen sich über den warmen Sonnenschein –
und der Garten bekommt zu wenig Regen.
Der Schüler freut sich über 39 von 40 Punkten, eine Eins –
und hätte noch einen Punkt besser sein können.
Zehn Vereinsmitglieder machen eine schöne Ausfahrt –
aber es hätten noch mehr mitkommen können.
Die schwierige Aufgabe wurde hervorragend gelöst –
und doch hätte es etwas schneller gehen können.
Das Auto schnurrt seine Kilometer ganz gleichmäßig herunter –
aber etwas sparsamer könnte es schon fahren.
Das gute Mittagessen bei Muttern hat sehr gut geschmeckt –
aber zu Anfang war es ein bisschen zu heiß.
Die neu gebaute Straße fährt sich sehr gut entlang –
aber sie wurde ein bisschen zu schmal gebaut.
Endlich geht es in den gut geplanten und lang ersehnten Urlaub –
und gerade heute muss es kühl und windig sein.
Im Weitsprung hat es wieder zum Sieg gereicht –
aber der Zweite kam bedenklich nah heran.
Heute freue ich mich, weil ich einen freien Tag ohne Termine habe –
davon könnte es viel mehr geben.
Ist es normal: Immer noch etwas Besseres herauskitzeln zu wollen oder
ist es besser, das Gute zu genießen?

Das Verkehrsschild

Hallo! Ich wurde in Beucha im Erzgebirge geboren. Damit geht es schon los: Ich höre schon den Protest: In Beucha gibt es gar keine Geburtsklinik. Das stimmt, aber ich bin gar kein Mensch. Ich bin ein gleichschenkliches, rotes Dreieck mit der Spitze nach unten. Ich finde mich schick: In der Mitte bin ich weiß; gerahmt werde ich von drei dicken roten Strichen, an jeder Seite einer. Hergestellt wurde ich im Schilderwerk Beucha. Auch einen Namen habe ich: Vorfahrt gewähren. So steht es in der Straßenverkehrsordnung. Ich möchte erzählen, was ich so erlebt habe.

Viele Autofahrer können mit mir gut umgehen, sie nehmen meinen Hinweis ernst, halten an oder sehen sich zumindest die Verkehrslage an, um einzuschätzen, ob sie weiterfahren können. Aber manchmal erlebe ich kuriose Situationen. Z. B. ein Fahrschulauto kam und hielt an. Man ließ die anderen fahren. Plötzlich fuhr der Fahrschüler los, mit einer recht hohen Geschwindigkeit auf die Kreuzung. Der Fahrlehrer bremste, die anderen Fahrzeuge auch. Da ließ der Fahrschüler die Scheibe herunter und beschimpfte das Auto neben sich: „Sie großer Trottel; Sie hätten mich auch mal fahren lassen können, aber Sie können nur an sich denken. Ich werde es ihnen zeigen! …" Jetzt meldete sich der Fahrlehrer zu Wort: „Schließen Sie bitte das Fenster!" Dann: „Sie können sich solche Worte sparen, in der Fahrschule gibt es keine mündliche Prüfung, nur theoretische und praktische. Wenn sie die Vorfahrtsregeln kennen und einhalten, reicht das." Ich fand das cool, wie der Lehrer reagierte.

Einmal blieb mir fast das Herz stehen: Da kam ein Auto, es muss ein Musikauto gewesen sein, denn die Musik brachte das eigentliche Geräusch, nicht der Motor. Dazu hörte man einen Rhythmus: Dumm, dumm, zu dumm, dumm, dumm, zu dumm, dumm, dumm, zu dumm. Oder war das eine Botschaft? Ohne anzuhalten, ja man beschleunigte noch, ohne auf meinen Hinweis zu reagieren führen die vier jungen Leute auf die Kreuzung. Sie schossen gerade darüber hinweg. Einer meinte noch: „Siehste, es klappt doch." Ich dachte: Kennen sie das Plakat nicht: Einer ist abgelenkt und vier müssen sterben? Das hätte auch ganz schön daneben gehen können, wie neulich: Soviel Fahrzeuge mit Blaulicht sah ich noch nie, dazu einige schwarze Mercedes-Combi. Ein Kleinbus schoss bei mir vorbei auf die Kreuzung. Von der Hauptstraße kam ein MAN-Bus, natürlich auch mit der Geschwindigkeit, die er fahren durfte. Es kam wie es kommen musste: Der große Bus fuhr den kleinen Bus total über den Haufen. Schreie, Stöhnen, Wimmern, Rufen, Weinen – das waren dann die Reaktionen. Wieviel Menschen tot waren und wieviel ins Krankenhaus kamen weiß ich nicht. Aber da war schon etwas los.

An einem Sonntag kam ein Auto. Es stand und stand. Manchmal kam ein Auto von der Hauptstraße, aber dann stand es weiter. Kaputt schien nichts zu sein. Aber man fuhr nicht weiter. Ich dachte, er hat wohl die Fahrschule in der Sahara gemacht, da kann man fahren, weil man keine Fahrzeuge sieht. Ich weiß nicht, wie lange man brauchte, bis man sich ein Herz fasste, an einem verkehrsarmen Sonntag endlich weiterzufahren. Vielleicht kam ein zweites Fahrzeug dazu und hupte irgendwann. Da nahm man all seinen Mut zusammen und fuhr weiter.

Und dann kamen eines Nachts ein paar Mädels. Sie bauten vor mir eine Brücke. Dass man mich verdreht oder gehörig an meine schöne Stange tritt, ist ja nichts Neues. Aber jetzt: Eine stieg auf die anderen, holte eine Spraydose heraus und besprühte mich total mit schwarzer Farbe. So richtig haftete die Farbe zwar nicht, was an meiner Beschichtung liegt, aber doch hat es mich verunstaltet. Zum Glück war ich nicht total schwarz, so konnte man noch erkennen, wozu ich da war. Ich war froh, dass man mich so konzipiert hatte, denn ich bin das einzige dreieckige Verkehrsschild mit der Spitze nach unten. Aber sauber war ich auch nicht mehr. Es dauerte einige Tage bis ein Trupp Männer in Arbeitsbekleidung kam und mich säuberte. Jetzt finde ich mich nicht nur wieder schick, sondern kann den Verkehrsteilnehmern meine Botschaft klar mitteilen.

Zum Nachdenken: Wie verhalte ich mich im Straßenverkehr: immer rücksichtsvoll oder …? Sollte man wirklich jeden Paragraphen einhalten?

Abendlicher Gang zum Briefkasten

Herr Schnell will gleich noch zum Briefkasten gehen. Er zieht sich die Jacke über und steckt seine Füße in die Straßenschuhe. Schwupp ist die Wohnungstür zu. Die Treppe flitzt er hinunter und geht zur Haustür hinaus. Hoppla, das wäre ja beinahe schief gegangen. Der andere, der gerade vorbei ging, sprang reaktionsschnell zur Seite als Herr Schnell aus der Eingangstür schoss.

Jetzt flitzte er die Straße entlang. Noch eine Seitenstraße überqueren – da vorn war schon der Briefkasten – dann war er gleich wieder zurück. Plötzlich machte es „Bums". Er taumelte und ging zu Boden. Neben ihm kläffte ein Tier, so ein brauner Minihund, der kaum so groß wie eine Damenhandtasche war und einen Schwanz wie eine Feder vom Paradiesvogel hatte. Als er wieder zu sich kam und sich setzte, konnte er seine Gedanken sortieren. Er merkte, dass er mit Frau Schöne, der Arbeitskollegin seiner Frau, zusammen gestoßen war. Sie wohnte hier um die Ecke, jetzt aber krabbelte sie neben ihm. Allerdings gelang ihr nicht so leicht die Orientierung, weil sich ihre Beine in der Hundeleine verhedderten. Und so schnell schien sie auch nicht los zu kommen, denn das kleine bellende Fellknäuel sprang hin und her. Man konnte denken, der Hund hatte Stricken gelernt und probierte es jetzt mit den Beinen seiner Herrin. Die Frau hatte als erstes ein Wort auf den Lippen: „Wie konnte das denn passieren? Ich wollte doch nur schnell zu meiner Mutter sehen. Wieso kamen sie denn heute ausgerechnet um diese Zeit?" „Ich wollte schnell einen Brief wegbringen, bevor die Tagesschau beginnt. Aber jetzt komme ich zu spät. Und ihr doofer Köter brüllt mir ständig ins Ohr." „Das haben Sie ja überhaupt nicht nett gesagt. Das ist Hundebeleidigung!" „Ach hören Sie mit solchem Schwachsinn auf: Hundebeleidigung. So ein Vieh lohnt sich doch sowieso nicht und trägt eigentlich den Namen Hund zu Unrecht. Straßenbrüller könnte man sie nennen oder Ruhestörer oder Wahnsinnsviecher oder Schuhsohlenflitzer oder …" „Hören Sie auf, meinen Hund zu beleidigen. Sonst sage ich ihm noch, dass er Sie beißen soll!" „Ach, die

31

Ratte weiß doch kaum, wie beißen geht. Die kriegt doch noch die Nahrung mit der Flasche." „Das ist ja eine Frechheit – und das noch am Abend eines anstrengenden Tages. Vielleicht gelingt es Ihnen, mir beim Aufstehen zu helfen." Aber da war nicht viel zu machen, denn zum einen waren die Beine total mit der Hundeleine umwickelt und zum anderen ließ die kleine Töle Herrn Schnell an Frauchen gar nicht heran. „Was machen wir jetzt? Ihre verrückte Mücke an der Leine lässt mich ja gar nicht an Sie heran." „Das haben Sie jetzt von Ihrer Schimpferei. Die ist jetzt total giftig zu Ihnen." „Aber: Wieso gehen Sie abends auch noch mal hinaus. Sie sollten den Hund vor sich laufen lassen. Dann passiert so etwas auch nicht. Und wenn schon, dann wickelt es wenigstens nur den Hund in die Leine und nicht Sie." „Das ist ja unerhört. Warum sind Sie eigentlich so frech zu mir? Das ist eine Schande für die ganze Wohngegend. Man sollte Sie ausweisen. Sie können in einen anderen Stadtteil ziehen." „Ja, wo es nicht so blöde Kläffer gibt." Und so ging es noch eine ganze Weile. Frau Schöne saß gefesselt durch den eigenen Hund auf dem Fußweg, Herr Schnell regte sich über den Hund auf und der Hund kläffte, weil er nun auch nicht mehr herumspringen konnte, denn es war kein Meter Leine mehr übrig. So zerrte er und bellte – was allerdings die Situation nicht löste.

Plötzlich kam ein Streifenwagen der Polizei vorbei und hielt. „Was ist denn hier los?" „Solche Weiber mit solchen blöden Kötern sollten abends nicht mehr auf die Straße dürfen. Können Sie sich dafür nicht einsetzen?" „Das muss ich mir nicht gefallen lassen. Herr Wachtmeister, tun Sie etwas dagegen!" Der Polizist verstand überhaupt nichts. Er sah nur, was sich in den letzten Minuten entwickelt – oder besser eingewickelt – hatte. Er nahm sein Taschenmesser und schnitt die Hundeleine durch, die um Frau Schönes Beine gewickelt war. Jetzt konnte sie wieder aufstehen. „Die schöne Hundeleine! Die habe ich meinem Rover zum letzten Geburtstag geschenkt." jammerte sie. „Ich hätte sie auch liegen lassen können. Seien Sie doch froh, dass sie wieder frei sein können." „Solche Leute hätte man lieber zusammengebunden wegbringen sollen. Übrigens: Wir sind an der Ecke zusammengestoßen." „Und deshalb machen Sie so ein fürchterliches Geschrei, dass man bei uns anruft? Gehen Sie ihre Wege – und Ruhe." Alle gingen knurrend aus einander, Frau Schöne zu ihrer Mutter und Herr Schnell zum Briefkasten. Allerdings konnte man nicht so richtig heraus hören, wer am lautesten knurrte: Frau Schöne, Herr Schnell oder der kleine Hund.

Hatte sich das Schimpfen gelohnt? Ein schnelles „Entschuldigen Sie bitte" hätte vieles entkrampft. Es gibt nicht nur die eigene Sicht des Lebens. Hatte sich das Schimpfen gelohnt?

<u>Zum Nachdenken:</u> Wie könnte ich solche Zwischenfälle leichter meistern? Was hilft nicht und was hilft?

Der Penner auf der Bank

Und das soll schön sein? Selbst wenn man noch eine rote Kerze neben die leere Flasche stellt, wird das Bild nicht schöner. Aber auch den gibt es im gesamten Jahr:

Den Penner auf der Bank

Hätte er doch nicht so viel getrunken – sagen die einen.
Hat nicht mal ein Zu-Hause – sagen die anderen.
Selber Schuld! Würde er doch arbeiten gehen – sagen die dritten.
Solche Leute müssen weg – wer sagte das?
Auch für ihn ist Jesus da – sagen die Frommen.

Auch für den Penner auf der Bank

Nur: Was bedeutet es ihm? Was bedeutet er mir? Finden wir Möglichkeiten, auch solchen Leuten etwas Schönes werden zu lassen?

Dem Penner auf der Bank

Der arme Mann

Ja, gibt es denn so etwas überhaupt? Das kann doch eigentlich nicht wahr sein. Kann man da nicht etwas dagegen machen? Aber: Was war passiert?

Wir als Familie kamen vom Erntedankgottesdienst nach Hause. Die Nudeln wurden gekocht, das Auto ausgeladen, was heute einiges mehr war als sonst. Dabei war auch ein Brot. Eigentlich brauchten wir keins, denn meine Frau hatte fürs Wochenende gut vorgesorgt. Jetzt hatten wir eins mehr. Naja, in einer fünfköpfigen Familie wird es schon nicht verschimmeln. Als wir alle so richtig saßen, klingelt es. Ich gehe zur Tür, ein Mann, Mitte 40, steht davor. Nach der Begrüßung erzählt er: „Ich bekomme Arbeitslosengeld. Aber ich muss beim Gericht monatliche Kosten zahlen. Dadurch habe ich kein Geld mehr, mir etwas zu essen zu kaufen. Zu Hause habe ich nichts mehr. Können Sie mir helfen?" Ich habe vergessen, was er antwortete, als ich fragte, wie er auf uns kam. Ja, was ist das für ein Typ? Ein Einbrecher, der auskundschaftete? Ein Trinker, der eigentlich flüssiges Brot möchte? Ein Faulenzer, der sich irgendwie durchschlug? Bisher habe ich ihn nirgends getroffen. Da wir in der Nähe der Eingangstür eine Sitzecke hatten, ließ ich ihn erstmal Platz nehmen und ging zur Familie, um mich kurz zu beraten. Was soll ich machen: Wegschicken, Geld geben? „Wir haben doch noch das Brot." Das war die Lösung. Ich holte das Brot hervor, dazu noch einige Gaben von der Erntedankdekoration und gab ihm alles. Er freute sich.

Ein paar Tage später besuchte ich ihn. Sicherlich braucht er irgendwie Hilfe, außerdem sehe ich seine Lebensverhältnisse. Und da ergoss sich mir das ganze Elend: Dauernd auf Ämter zu gehen und um Unterstützung betteln – dafür fehlte ihm der Mut. Nicht dass er nicht ginge, aber immer wieder betteln konnte er nicht. In seiner Wohnung stand nicht viel drin: Ein Schrank, ein Tisch, ein Stuhl, sicherlich noch ein Bett, aber kaum Küchenmöbel; es war eine leere Wohnung, in der es sich niemand gemütlich machte, die überhaupt nicht schick wirkte; eine Wohnung, die nur dazu diente, bei Regen nicht nass zu werden, bei Kälte nicht kalt zu bleiben und einen Ort zum Schlafen zu haben. Familie? Fehlanzeige, er war allein. Er hatte wohl eine Tochter, aber die lebte weit weg. Er musste sich allein durchschlagen. Dazu kam eine Nervenkrankheit, die ihn auch nicht so leben ließ, wie er wollte. Deshalb nahm ihn kein Arbeitgeber. Ich hätte nie gedacht, dass es solche Verhältnisse im reichen Deutschland gibt. Ja, dass Drogenabhängige oder Alkoholkranke so leben können wusste ich. Aber dieser Mann, der nicht alkoholabhängig ist, der schon wegen seiner Krankheit keine Drogen nehmen darf, lebte auch so. Es war für mich erschütternd.

Eines Tages stand er mit seinem Fahrrad vor meiner Haustür. „Würden Sie mir bitte mein Fahrrad abkaufen? Ich brauche Geld zum Leben." Es war ein gutes Rad. Wir unterhielten uns, ich kaufte das Fahrrad nicht. Aber überhaupt auf diesen Gedanken kommen! Es stellte für mich eine total neue Lebenssicht dar. Vielleicht war ich zu dumm, um ihm zu helfen; ich konnte es nicht wirklich. Vielleicht hätte ich mit ihm zu den Ämtern und Einrichtungen gehen sollen. Vielleicht hätte ich ihn finanziell mehr unterstützen sollen. Was hätte er gebraucht?

<u>Zum Nachdenken:</u> Wie kann solchen Menschen geholfen werden? Was kann ich dazu beitragen?

Viel Geld

Siegbert war reich und wollte eine Weltreise unternehmen. Vorher rief er seine drei Freunde Heinrich, Max und Kevin zu sich. Er hatte einen Plan. Dazu brauchte er seine drei Freunde, auf die er sich verlassen konnte.

Und dann kamen sie. Siegbert sagte: „Wie ihr sicherlich gehört habt, will ich eine Weltreise unternehmen. Wann ich wieder da bin, weiß ich nicht, aber ich habe vor, viel zu sehen, auch in Gebieten, die man nicht so einfach bereisen kann, wo man ein besonderes Visum braucht oder vielleicht nur unter Aufsicht hinkommt. Es wird ein paar Jahre dauern bis wir uns wieder sehen. Ich möchte euch aber einen Teil meines Vermögens zur Verwaltung geben. Ich weiß, ihr seid clever. Ich bin gespannt, was ihr daraus macht. Hier, Heinrich, hier sind 100 000 Euro für dich. Und hier, Max, hier sind 60 000 Euro für dich. Und hier, Kevin, habe ich 20 000 Euro für dich. Auch wenn ich mich auf die Weltreise freue, bin ich heute schon neugierig, was ihr aus dem Geld macht. Übrigens: 1 % des Gewinns gehören euch." Die drei staunten nicht schlecht. Was sollten sie so plötzlich mit so viel Geld anfangen?

Nach 4 Jahren und 10 Monaten kreuzte plötzlich ein Mann auf, der sich total verändert hatte. Es war kein Geschäftsmann, sondern er war ein Weltenbummler geworden. Es war Siegbert. Er rief seine Freunde zu sich. Was konnten sie ihm erzählen?

Heinrich: „Ich habe von deinem Geld ein gebrauchtes Ein-Familien-Haus gekauft, es auf Vordermann gebracht. Grundstück und Haus hatten nun einen viel höheren Wert. Eine Familie wollte alles kaufen. Wir vereinbarten einen Kaufpreis von 150 000 Euro. Sie zahlen eine monatliche Rate von 500 Euro, im Jahr also 6000 Euro. So können sie es auch schaffen, falls einer von ihnen arbeitslos würde. In 25 Jahren ist das Haus abgezahlt." Siegbert war begeistert: „Das ist ein toller Plan. Das hast du ganz hervorragend gemacht. Dir sollen nicht nur 1 % gehören, dir soll alles gehören." Da konnte sich Heinrich nur noch bedanken. Damit hatte er überhaupt nicht gerechnet.

Was würde Max erzählen? Er konnte ja für das Geld kein Haus kaufen. Er berichtete: „Ich habe ja Pharmazie studiert und habe eine Apotheke übernommen. Natürlich musste ich erstmal einiges hineinstecken, damit sie schön wurde. Auch musste ich für viele Arzneimittel in Kommission gehen. Mittlerweile läuft sie ausgezeichnet. Pro Jahr verdiene ich durch sie 36 000 Euro, wenn ich schon das Gehalt für die Angestellten abziehe. Das sind seit drei Jahren zusammen 108 000 Euro." Auch hier war Siegbert total begeistert. Auf diese Idee wäre er sicherlich nicht gekommen. Das hatte Max hervorragend gemacht. „Phantastisch!" mehr brachte er nicht heraus. „Behalte das Geld. Du kannst es gut anlegen und gebrauchen." Jetzt war Max der Sprachlose. Damit hatte er überhaupt nicht gerechnet. Toll gelaufen.

„Und du, Kevin? Wie lief es bei dir?" fragte Siegbert. Kevin druckste herum und erzählte dann: „Ich hatte keine Idee. Ein Haus gab es nicht für 20 000 Euro, auch keine Apotheke. Das kann ich auch nicht. Ich hätte mir zwar ein Auto gewünscht, aber das Geld gehörte ja dir und nicht mir. Und für 1 %, das sind ja 200 Euro bekommt man kein Auto. Ich hatte keine Idee, nur Angst, dass ich es verlieren könnte. So habe ich es in meinen Bettkasten gelegt. Hier ist es, es sind noch die Scheine, die du mir damals gegeben hast: 200 Stück 100-Euro-Scheine." Da ist Siegbert fast ausgeflippt. „Das kann doch nicht wahr sein. Hast du bei mir nie gesehen, dass sich Geld vermehren muss, mindestens eingesetzt werden muss? Unterm Bett! Hättest du mir wenigstens noch eine Maus dazu abgeliefert, die anfing, die Scheine zu zernagen! Oder bei der Bank eingezahlt. Auch wenn die nicht viel an Zinsen zahlen, wäre wenigstens ein bisschen mehr herausgekommen. Aber so! Das ist eine Schande für unsere ganze Familie. Ich mache eine tolle Weltreise, die nicht nur Vergnügen ist, sondern auch bildet. Und du schläfst auf dem Geld als wenn du keine Matratze hättest. Her mit den Moneten – und fort mit dir!" Damit hatte Kevin nicht gerechnet. War das nicht etwas zu hart?

<u>Zum Nachdenken:</u> Was ist mir gegeben an Zeit, Fähigkeiten, Wohlstand? Wie kann ich das für andere einsetzen?

Elternliebe

Zwei Erlebnisse, an die ich gern denke und bei denen es mir ganz warm wird:

Im ZOO Leipzig:

Einige Zuschauer stehen vor dem Freigehege der Schimpansen und beobachten zwei halbwüchsige Menschenaffen. Sie balgen sich im Gras, aber mehr als Spiel; nicht als Kampf. Sie fangen sich, kämpfen ohne den anderen zu verletzen, rollen dabei durchs Gras, lassen sich los und holen sich wieder ein.

Unter uns Zuschauern steht ein Mann, der auf seinen Schultern einen 3-4 Jahre alten Steppke sitzen hat. Der Junge fragt: „Papa, was machen die beiden Affen dort?" Der Vater: „Die schäkern mit einander." Der Junge voller Inbrunst: „Jooo, so wie wir beide auch manchmal!"

Mir geht in solchen – leider recht seltenen – Situationen das Herz auf: Vater und Sohn im Miteinander. Sie verströmen den totalen Frieden. So etwas fasziniert mich immer.

Im Zug der Schmalspurbahn auf Rügen (Rasender Roland):

Eine junge Mutter mit zwei kleinen Kindern, vielleicht zwei und drei Jahre alt, betreten den Wagen. Der Vater geht noch mal hinaus, vielleicht will er noch etwas fotografieren. Die beiden Blondschöpfe sitzen ihr gegenüber. Die Mutter sagt in einer freundlichen, ruhigen Art zu ihren beiden Kindern: „Papa kommt gleich wieder." Dabei lächelt sie die Kinder an. Auch danach noch lächelt sie zu ihren Kindern. Die beiden sitzen ganz ruhig auf ihrer Bank. Es ist warm, sie hilft den beiden beim Ausziehen. „So sitzt es sich bestimmt besser", und wieder ein Lächeln auf ihrem Gesicht. Als Beobachter hat man den Eindruck, dass sie ihre Kinder liebt und ganz für sie aufgeht. Sie macht keinen Stress, ist selbst ruhig, ihnen zugewandt und hat ein Lächeln im Gesicht. Nach einer Weile fragt sie: „Wollt ihr etwas trinken?" Die Kleinen nicken. Sie holt aus ihrer großen Muttitasche (da muss ja einiges hinein, wenn man noch dazu mit zwei kleinen Kindern unterwegs ist) für jeden eine Trinkflasche heraus. Sie trinken – und sie lächelt wieder, während sie zuschaut, wie es sich die beiden schmecken lassen. Die Leute steigen ein. „Seht ihr, die Leute wollen auch alle mit der Eisenbahn fahren." Die beiden gucken. Schließlich ist auch der Papa wieder dabei. Alle freuen sich. Und die Mutti strahlt übers ganze Gesicht, während sie ihre Familie vor sich sitzen sieht. – Es wird mir richtig warm ums Herz. So ein Familienbild habe ich selten vor mir. Natürlich gibt es viele Familien. Manche gleichen Eventgruppen (man geht von einer Aktion zur anderen) und Versorgungseinheiten (Alle werden mit Essen und Trinken fast ständig versorgt). In anderen kann jeder machen, was er will, es muss ausgehalten werden (auch das Quaken, Schreien und Kreischen der Kinder). Aber hier kommt Miteinander, Füreinander, Lächeln und Dienen, Ruhe und Harmonie zum Ausdruck. Noch einige Tage trage ich dieses Bild in mir.

Zum Nachdenken: Wann begegnete ich einem Familienbild, das mir gefiel? Wie sah es aus? Was kann ich in meiner Familie zu so einer friedlichen Idylle beitragen?

Das Glück der Atheisten - Psalm 73 – einmal anders

Menschen werden ausgebeutet: Job ja, genügend Einkommen nein.
Menschen kommen nicht zurecht und verfallen in Süchte.
Menschen sehen zwar gut aus, sind aber krank: Rückenprobleme, Allergien, zuckerkrank.
Menschen haben zwar keine Kinder, dafür ein Haustier als Gegenüber.
Menschen haben Sehnsüchte, Wünsche, Hoffnungen, aber sie erfüllen sich nicht.
Krankenhäuser, Lottoläden und Meditationsräume sind trotz innerer Leere voll.

Mancher ist ein Angeber, hat eine große Klappe; der Schein ist wichtiger als das Sein.

Mancher ist gebunden in Süchte, erfreut sich aber beim Komatrinken.

Manchem ist alles möglich – aber ohne Gott; man sucht überall Hilfe – aber nicht bei Gott.

Und das ist der allgemeine Maßstab, wenigstens auf der Werbung: Gesundheit, Wohlstand und Reisen, strahlendes und ewig junges Lachen, Freiheit, Freizügigkeit und einfach Spaß bis zur Zügellosigkeit, reizende Schönheit bis zum Letzten.

Was zählt, ist Anerkennung pur, Bühnenrausch, Applaus empfangend und gebend, man nimmt alle Feiern und Feste mit.

Einen Winter-BMW und ein Sommer-Cabrio; Villa mit Gartengrundstück; Formel-1-Essen in Monaco für 1000 Euro; Hotelsuite; Feuerwerk und Bunging springen, Antiksammlung vom Feinsten – wohin noch mit dem Geld?

Wir haben unser Alltagsgeschäft – und dazu Aktivität in der Kirchgemeinde.

Wir haben unsere Last – und müssen als Christ zu allem Lächeln.

Wir sehen unser Leiden – und das Wohlergehen anderer.

Wir werden mitunter zum einsamen frommen Spinner – und andere haben Zulauf und Fans.

Wir gehen zum Gottesdienst und zum Kirchgemeindeleben – und andere feiern.

Wir definieren Misserfolg als Züchtigung Gottes – und die anderen freuen sich daran.

Wir ärgern uns darüber und suchen Hilfe im Wegsehen – aber es hilft uns doch nicht.

Wir sprechen vom Segen – und andere erleben ihn in Wohlstand, Gelassenheit und Gesundheit.

Gott ist mehr als alles auf dieser Welt.

Wir bekommen Trost durch sein Wort – mehr als Trost durch Goethe.

Wir dürfen mit Gott sprechen – das ist mehr als Sprechen mit sich selbst.

Wir dürfen an Gott abgeben – das ist mehr als etwas vernichtet bekommen.

Gott als Schöpfer ist für jeden Menschen Halt im Leben – gegenüber einer Natur als anscheinendes Zufallsprodukt.

Gott als Ordnungshersteller und –hüter ist beruhigender als Hoffen auf die richtige Erkenntnis.

Gottes Zulassen ist nicht immer verständlich – aber oft hinterher richtig zu erkennen.

Jesu Vergebung ist heilender als das beste Wachsen von Gras.

Wer alles hat, aber nicht Jesus, ist schlechter dran, als der, der nichts hat, aber Jesus.

Wenn wir sehen, wie viel Menschen in Bindungen und Süchten leben, ist Leben mit Jesus Freiheit.

Leben mit Religion ist besser als Leben ohne Gott; aber Leben mit einem liebenden Gott als Freund ist besser als jede andere Religion dieser Welt.

Häuser bauen

Manchmal waren wir im Urlaub an der Ostsee. Was haben wir da im Sand gebaut!
Zunächst eine Mauer, damit die Wellen unseren Bauplatz nicht ständig überfluten. Dann
eine große Sandburg. Zwischendurch musste die Mauer zum Wasser hin in Ordnung
gehalten werden. Die Burg erhielt eine entsprechende Umgebung mit Wassergräben,
Hügeln, vielen Kleckerbäumen und Wegen. So wuchsen die Bilder und Landschaften.
Einmal bauten wir so groß, dass die Leute, die vorbeigingen, fragten, ob das irgendwo
tatsächlich so aussieht. Es sah auch phantastisch aus. Leider konnten wir nur auf unser
Phantasieland verweisen. Solches Bauen war mit den Kindern – und vorher natürlich
selbst als Kind – eine wunderschöne Strandbeschäftigung. Allerdings gab es einen
Nachteil: Wenn wir am nächsten Tag wieder hinkamen, war höchstens von der Schönheit
noch etwas zu erahnen, denn Wind und Wellen haben den Platz für einen neuen
Baumeister geebnet. Unsere schönen Bauten waren nicht mehr zu erkennen, falls sie
überhaupt noch standen. Schade, dass alles kaputt war!
Deshalb bauten wir manchmal auch anders, wenn wir am Strand waren: Wir suchten
Baumaterial: Hölzer, Muscheln, Tang in allen Formen und natürlich Steine. Jetzt wurde
fester gebaut. Auch hier entstanden faszinierende Bauwerke, zwar nicht der Pariser
Eiffelturm, aber schöne Häuser aus unserer Phantasie und Möglichkeiten. Und am
nächsten Tag? Wir wussten: Hier stand mal unser schönes Haus. Es wurde über Nacht
Sand hineingeweht, manches wurde abgedeckt, ein Haufen Baumaterial blieb zwar übrig,
aber er hatte nichts mit dem zu tun, was es einmal war. Es war eben auf Sand gebaut; und
das hielt nicht lange.
Deshalb baute ich bei meiner Oma noch anders: Sie wohnte in Mecklenburg und hatte
natürlicherweise hinter dem Haus am Wald einen riesigen Sandberg. Dort grub ich mit
dem Spaten große Löcher in den Sand, dazu eine Treppe zum Hineingehen. Als
Erwachsener bekam man vielleicht Angst, wenn man sah, wie ich in ganzer Körperlänge

41

darin verschwand. Es könnte auch zum lebendigen Grab werden. Aber als Kind kennt man solche Gedanken kaum. Ich fand diese großen Löcher interessant. Als wir im nächsten Jahr wieder dorthin kamen, war von meinem phantastischen Loch nichts mehr zu sehen. Warum eigentlich nicht? Es machte doch auch einige Mühe, so eine große Ausschachtung. Und jetzt war alles weg! Ich hätte doch weiter bauen können. Aber jetzt, wo nichts mehr da war, hatte ich auch keine Lust, von vorn zu beginnen. Es war eben Sand.

Manchmal bauten wir auch im Wald: wir suchten Stöcke und Laub und bauten eine Bude. Die Ecken rammten wir in den Waldboden. Die Querhölzer wurden angebunden. Ein Dach wurde so gut es ging gedeckt. Auch wenn unsere Buden nicht gegen Regen dicht hielten, machte es uns Spaß, sie zu bauen. Wie lange sie hielten, weiß ich nicht. Aber sicherlich standen sie wesentlich länger als alles im Sand Gebaute.

Aber neulich. Da sah ich, wie man Fundamente mit Beton ausgoß. Hier sollte etwas Bleibendes entstehen; sicherlich ein schönes Haus oder wenigstens Garagen. Und wenn ich Bauwerke sehe, die hundert Jahre und älter sind, sehe ich die massive Bauweise: Fundamente, feste Steine, guter Mörtel. Ich bewundere die Göltzschtalbrücke im Vogtland, eine Brücke nur aus festen Ziegeln, den Stephansdom in Wien mit seiner Höhe und Architektur, den großen Bahnhof in Leipzig mit seiner Stahlkonstruktion und den vielen Glasscheiben.

Ich muss unweigerlich an einen Abschnitt aus der Bibel denken: Jesus sagt: Wer meine Rede hört und sie tut, gleicht einem klugen Baumeister, der sein Haus auf einen Felsen baut. Wer aber meine Rede hört und tut sich nicht, gleicht einem Baumeister, der sein Haus auf Sand baut. Letzteres hält im Sturm nicht. Klug sein, heißt vorsorgen. Wer mit Jesus lebt, baut für sein Leben ein festes Fundament. Das finde ich gut.

Zum Nachdenken: Aus welchen Grundsätzen besteht mein Lebensfundament? Wie helfen sie mir für die Zukunft?

Abschied

Wir sitzen im Cafe: drei Leiter und ich. Wir sitzen uns stumm gegenüber; keiner weiß, was er sagen soll. Jeder hat vor sich einen Eisbecher eigener Wahl. Mit unseren Löffeln stochern wir in unseren phantastischen Bechern. Er könnte so lecker sein, aber heute schmeckt das Eis nicht. Warum nicht? Haben die da etwas hinein gemischt? Oder ist da eine verkehrte Kugel dabei? Oder eine vergammelte Erdbeere? Wir vier wollten zum Schluss noch einmal einen ganz eigenen Moment haben. Und dazu lud ich sie zu einer Runde Eis ein. Und jetzt? Jetzt schmeckt das Eis nicht. Und wir wissen auch warum: In jedem Becher steckt eine besondere Kugel. Wir mussten sie hinein legen; nicht das Cafe, nein; wir konnten nicht anders. Diese eisige Kugel heißt „Abschied". Sie ist bitter und lässt die Atmosphäre gefrieren. Einer stellt eine Frage, wir antworten. Stille. Ein anderer stellt eine Frage, Antworten. Stille. Schließlich stelle ich eine Frage: Was war für euch in unserem Zusammenarbeiten gut? Jetzt erzählt der eine, erst stockend; dann der andere, schon etwas flüssiger; dann der dritte. Die Erinnerungen beginnen zu purzeln und versüßen den Moment. Und wir reden: Weißt du noch, wie das war? Und in dieser Situation: Wie hieß der gleich noch? Und als das schief ging: Was hast du dabei empfunden? Und hier und da und hast du nicht gemerkt und damals als und … Draußen ist es dunkel geworden. „Danke für die Einladung. Es war etwas Außergewöhnliches." - Meine Frau und ich sitzen am Tisch. Jeder wartet auf das Ende. Ich habe aber noch etwas zu sagen: „Heute sind wir zum letzten Mal unter Ihnen. Wie Sie wissen, müssen wir unser schönes Städtchen verlassen. Auch wenn noch ein paar Tage bis zum Umzug bleiben, packen sich die tausend Dinge nicht von selbst ein. Und so müssen wir Ihnen ‚Auf Wiedersehen' sagen." Und ich gehe zu jedem einzelnen und schüttele seine Hand: „Ich habe immer geschätzt, dass Sie so fröhlich waren. Es tat auch mir gut." „Ich freue mich, dass wir Ihren Alltag ein bisschen aufhellen konnten. Sie mussten nicht immer allein sein." „Ich freute mich immer, wenn Sie kamen. Sie haben von Ihren Reisen erzählt, das hat mich immer sehr angesprochen." „Wir hatten beim Rommé-Spielen immer solchen Spaß. Ich denke gern zurück." „Auch wenn Sie innerlich nicht zu allem Ja sagen konnten, waren Sie trotzdem dabei. Das fand ich gut." „Ich fand, dass Ihnen die Geselligkeit Freude gemacht hat, dass Sie sie auch gebraucht haben. Ich auch." „Manchmal brachten Sie einen ganz anderen Moment in unsere Runde. Das war gut, fand ich. Dankeschön." Und wir drücken Hände, umarmen uns, was wir noch nie taten, und vergossen Tränen. Abschied – was für ein Empfinden! Wir fühlten uns wie Kinder, aber warum nicht? „Schade, dass Sie wegziehen müssen und wir heute zum letzten Mal in dieser Runde zusammen waren. Es war eine gute Zeit. Haben Sie vielen Dank." Und dann gehen wir aus einander, jeder in seinen Gedanken versunken. -

„Hallo, wie geht es?" „Gut – und dir?" Und dann erzähle ich, dass ich mich verabschieden möchte, wir müssen umziehen. „Das ist aber Schade. Hättest du nicht noch eine Weile hier bleiben können? Wohin geht es denn? Ach, das ist ja nicht weit. Vielleicht sehen wir uns ab und zu mal." Auch wenn ich weiß, dass die Gelegenheiten kaum sein werden, weiß ich, wie wichtig bei einer Abnabelung diese Gedanken von Nähe und Wiedersehen sind. Die Zeit wird weiter gehen, Neues und Interessantes wird alle in Atem halten, bald hat man uns vergessen. So ist es ja immer. Wir sehen einfach nur unsere Vergangenheit, was wir hatten und erlebten und wissen, was wir haben, wie schön es jetzt ist. Aber keiner weiß, was kommt. Vielleicht erwarten wir manches Interessante und hoffen auf gute Kontakte. Aber wir wissen es eben noch nicht und erleben es noch nicht (werden wir es überhaupt erleben?). So bleiben Ängste und Hoffnungen, Dankbarkeit und Schuldgefühl, Abschied und Neubeginn. Alles vermischt sich und schmeckt zu den verschiedenen Zeiten ganz unterschiedlich: Mal süß, mal fad, mal gut, mal schlecht – bis die Zeit auch diese Wunden heilt. Dann merkt jeder: Es geht weiter; nach dem Heute kann auch ein guter Morgen liegen. Lasst uns auf Hoffnung leben.

Zum Nachdenken: Wann habe ich Abschied als quälend erlebt? Wann war Abschied schön? Wie kann Abschied als hilfreich gestaltet werden?

Umzug

Alles ist gepackt: die Kisten stehen wartend an ihrem Platz, die Koffer und Beutel warten auf ihren Abtransport, die Technik liegt bereits im privaten Pkw, das Möbel steht langweilig und auseinandergeschraubt herum. Und auch die Pflanzen wissen gar nicht, was los ist. Und dann geht es los: „Sie kommen!" Vor dem Haus wird ein Lkw platziert, die Träger melden sich. Alles wird angesehen. „Zum Glück haben Sie kein Klavier." „Ja, das stimmt, dafür aber umso mehr Kisten und Kartons." – Jetzt geht alles ganz schnell: Alles wird hinunter in den Lkw gepackt; der Staub treibt plötzlich Purzelbäume durch die Zimmer (mit einem Staubsauger wird er eingefangen); wo bis vor Kurzem noch ein schönes eingerichtetes Zimmer zu finden war, liegt jetzt ein leerer Raum. – Am neuen Wohnort geht alles den umgekehrten Gang: Die leeren sauberen Räume werden gefüllt, die Kisten und Kartons stapeln sich – bis alles aus dem großen Auto irgendwo in der Wohnung steht. Und da taucht bereits das erste Problem auf: Bei allem Systematisieren und Aufschreiben: Es dauert nicht lange, da sucht man etwas und weiß nicht, in welcher Kiste es liegt. Es heißt, alles wieder einzusortieren. Und das braucht Zeit

Aber das ist nur eine Seite zum Thema. Eine andere heißt: Wer ist wer? Man lernt neue Leute kennen. „Wie ist Ihr Name bitte?" „Wagner" „Und ihrer bitte?" „Müller" „Aha. Und wie heißen Sie, wenn ich Sie fragen darf?" „Meier" „Danke, aber hier steht ja noch jemand. Auch Sie möchte ich gern mit Namen kennen." „Köhler" „O. k., aber es müsste heute noch jemand fehlen" „Ja, Herr Böttger fehlt." „Und Frau Arnold hat heute noch Urlaub." Warum Herr Schulze und Herr Lehmann noch nicht da sind, weiß niemand." – Jetzt habe ich alle Namen gehört und bin genauso schlau wie am Anfang. Wer war Wagner, Müller, Meier, Köhler, Böttger, Arnold, Schulze und Lehmann? Habe ich jemanden vergessen? Ja, Frau Meister. Aber die war doch beim ersten Mal gar nicht dabei. Sei's drum. – Ja die Namen. Auch diese muss ich neu lernen. Am alten Wohnort kannte ich seit langem alle Leute, mit denen ich zu tun hatte. Und alles so normale

Namen, kein besonderer, den man besser zuordnen könnte, z. B. Frau Schönfuß oder Frau Meise oder Herr Richter oder Frau Rammler. Daran merke ich, dass ich umgezogen bin. Es heißt, neue Leute kennen zu lernen. Und das braucht Zeit.

Aber da gibt es noch eine dritte Seite: Wo gibt es hier Container für Altglas? Gibt es eine Postbankstelle im Ort? Wie weit ist es bis zum Bahnhof? Wie heißt diese Straße hier gleich? Ach, das ist die Goethestraße; ich dachte, es ist die Schillerstraße. Durch diesen Ort bin ich schon mal gefahren, aber jetzt bin ich an einer Stelle, an der ich noch nie war. Und beim Einkauf im Kaufland merke ich bald: Jedes Kaufland ist extra sortiert. Als ich den 27. Artikel meiner Einkaufsliste suchen muss, beginnt sich in mir eine Krise zu regen: Ich will wieder an meinen vorigen Wohnort. Bei allem Neu erarbeiten: Altes und Bewährtes hat auch seinen Wert. Aber vielleicht bin ich mit mir auch zu ungeduldig: Alles braucht seine Zeit, auch Eingewöhnen.

Und doch merke ich den inneren Widerspruch: auf der einen Seite steht das gute Gefühl der über die Jahre gewachsenen Beziehungen. Man kannte sich aus (hat es allerdings auch einmal kennengelernt), alles war vertraut, man wusste, wie man reagieren muss. Auf der anderen Seite möchte man dieses Gefühl mitnehmen – und bekommt es nicht, ja kann es gar nicht bekommen. In dieser Spannung tut sich ein Abgrund auf. Ich beginne zu denken: Nie wieder umziehen. Aber das gehört zum Beruf dazu.

So ist eben Umzug: Abschied nehmen, neu kennenlernen, Altes schätzen und Neues entdecken, Wegwerfen und Dazukaufen, verändern und manchmal auch fast verzweifeln, aber auch neuen Mut schöpfen, nette Menschen kennenlernen, neue Möglichkeiten probieren, neue Orte entdecken. Umzug ist eine Herausforderung – bei der wir die anderen zur Hilfe brauchen.

Zum Nachdenken: Wie habe ich Umzüge in meinem Leben erlebt? Was habe ich verloren, was dazugewonnen? Wem kann ich helfen, seinen Umzug besser zu verkraften?

Der Junge, der nicht mehr spielt

Es ist morgens gegen 7.50 Uhr. Ein Junge, er geht in die zweite Klasse, kommt mit seinem Kinder-Mountain-Bike. Er selbst trägt feste Kleidung und einen Helm. Er fährt mit seinem Rad die Straße entlang, wo ein Spielplatz liegt. Am Spielplatz hält er an, stellt sein Rad ab und geht so wie er ist ganz langsam zum Sandkasten. Er tritt völlig verunsichert in die Sandlandschaft. Soll er sich hinknien? Eigentlich könnte er, denn er kennt den Kasten in- und auswendig. Aber dann wird seine tolle Fahrradbekleidung schmutzig. Soll er eine kleine Sandburg bauen? Es wäre längst nicht die erste. Vielleicht auch nicht die letzte. Aber so in seinem Fahrradanzug? Kann man überhaupt noch in der zweiten Klasse im Sandkasten buddeln, wie die Babys, oder die Vorschulkinder? Er ist doch schon groß. Wirklich? In ihm macht sich ein Verlangen nach Sandkasten breit. Ist er wirklich schon zu groß für einen Sandkasten? Ja, doch, heute ist er zu groß. Er geht zu seinem Fahrrad zurück und fährt langsam weiter. Muss er jetzt immer nur Mountainbike fahren? Vielleicht baut er später wieder mal im Sandkasten. -

Wie auf einer Wäscheleine aufgereiht stehen die Jungen in der Konfirmationsreihe. Alle sehen aus wie frühreife Erwachsene: Feine Hose, dazu Hemd und Weste oder Jackett. Keiner von ihnen fühlt sich so richtig wohl: So schnieke sahen sie noch nie aus. Besser wäre halb kaputte Trainingshose und T-Shirt. Das kennen sie vom Herumtoben im Wald. Aber Anzug? Die Mädels haben es da einfacher. Die schminken sich ja schon ab der 5. Klasse. Für sie ist dieser Tag ja nur eine Zwischenstation beim Älterwerden. Aber die Jungen haben vorher nie probiert, wie man mit einem Anzug leben kann. Und jetzt? Jetzt muss man womöglich zur Schule noch in Anzug kommen? Zum Glück nicht. Aber als Erwachsen fühlt man sich auch noch nicht. Und als Kind? Ja, diese Rolle ist bekannt, diese Rolle kann man gut ausfüllen. Einmal fragte mich ein solcher junge Erwachsene: Darf ich jetzt trotzdem noch spielen? Ich: Na klar. Es ist ja nur ein symbolischer Tag. Früher war es die Entlassung in den Berufsalltag. Aber heute hat dieser Tag eigentlich fast nur symbolischen Charakter. Natürlich wollen wir Erwachsene, dass unsere jungen Leute einen großen Schritt auf Jesus zu gehen. Aber sein Leben Jesus übergeben geschieht meistens später. -

Vielleicht fehlt jetzt eine Situation, in der jemand einen völlig neuen Arbeitsplatz bekommt. Da muss man sich erst eingewöhnen, einarbeiten.

Vielleicht fehlt jetzt hier ein Erlebnis, wie ein Angestellter nach 45 Arbeitsjahren plötzlich Geburtstag hat und am nächsten Werktag nicht mehr auf Arbeit muss, weil er so plötzlich Rentner wurde.

Es gibt Schwellenmomente in unserem Leben, da wird uns bewusst: Das Alte muss bald aufhören, etwas Neues beginnt. Wie gehen wir damit um?

Zum Nachdenken: Welche Schwellen-Situationen habe ich im Leben erlebt? Wie durchlebt man sie am besten?

Das 1 x 1 des Lebens

Abwägen von Vorteilen und Nachteilen
Berechnen von Auswirkungen
Überlegen von Argumenten
Keine Emotionen
Verarbeiten der Fakten
Terminieren von Arbeiten
Prioritäten setzen
Und am Ende? Muss alles stimmen, möglichst kein Minus – sehr gut

Fehlt da nicht etwas?
Mitgefühl haben
Verliebt sein
Mit freuen und mit leiden
Etwas harmlos Sinnloses machen
Dem anderen die Hand auf die Schulter legen
Loben ohne wieder gelobt zu werden
Dem anderen Freiraum geben
Und am Ende? Den anderen segnen – und selbst Frieden haben

Der kaputte Kassettenrecorder

Wir hatten einen Kassettenrecorder. Das ist ein Gerät, in dem man Kassetten (Magnetbandkassetten) abspielen und auch ein Radio seine Klänge verbreiten konnte. In der DDR war so ein Gerät ganz schön teuer. Bei einem Verdienst von 450 Mark waren knapp 1000 Mark für einen Kassettenrecorder besserer Qualität viel Geld. Unser Recorder wurde oft benutzt, Radio gleichermaßen wie das Kassettenteil. Und wie es irgendwann so kommen musste, ging auch an einem Recorder besserer Qualität mal etwas kaputt: Ab und zu blieb einfach so mittendrin der Ton weg. Auch wenn ich versuchte, mit diesem kleinen technischen Defekt zu leben: es wurde immer schlimmer. Irgendwann merkt man, dass zu den eigenen Dingen, je mehr man sie benutzt, desto stärker eine gewisse Beziehung wächst. Es kam die Wende in Deutschland 1989. Plötzlich gab es massenweise Kassettenrecorder, auch zu niedrigen Preisen. Ich wollte aber keinen neuen, mein acht Jahre altes Gerät war sonst noch gut, auch wenn es sich manchmal im Ton vergriff. Wir hatten uns eben aneinander gewöhnt. Also blieb mir nur die Möglichkeit, jemanden zu suchen, der ihn reparieren konnte. Natürlich gab es Werkstätten. Entweder hätten sie mir viel Geld abverlangt oder im eigenen Interesse vertraulich mitgeteilt, dass dieses Gerät verschrottet werden muss (damit ich bei ihnen ein neues kaufen kann). Ich kannte einen netten Menschen, der war auch „Fernsehmonteur", wie das Fachpersonal damals genannt wurde, das mit Radios, Fernsehern und Antennen umgehen konnte. Aber der Weg zu ihm verlangte mir wenigstens eine Stunde Fahrzeit ab – eine Strecke, dazu noch der Rückweg und vielleicht eine zweite Fahrt, um mein Gerät wieder abzuholen.

Wenn ich eine gewisse Hilfe suche, erzähle ich zu verschiedenen Gelegenheiten von meiner kleinen Not. Irgendwann findet sich eine Lösung. So war es auch hier: Ein Mitglied in einer meiner Kirchgemeinden meinte, er könne solche Geräte reparieren. Ich vertraute ihm meins an – und weg war es.

Nach einigen Wochen fragte ich ihn, wie es meinem Gerät so geht. „Ja ja, ich bin noch dabei." Nach weiteren Wochen erkundigte ich mich wieder nach meinem Recorder. „Ja ja, er ist noch nicht ganz fertig." Nach weiteren Wochen fragte ich ihn, wann ich ihn wieder bekommen kann. „Ja ja, ich sage dir schon Bescheid, ich bin dran." Ich weiß nicht mehr, wie oft ich nachfragte. Aber eines Tages brachte er es mir: „Du, ich muss dir sagen, ich bekomme das Gerät nicht wieder zusammen. Auch habe ich den Fehler nicht gefunden. Entschuldige bitte." Und damit drückte er mir einen Karton in die Hand und verschwand. Darin lag mein kranker Kassettenrecorder: Teilweise auseinander genommen, jedenfalls nicht funktionierend. Jetzt blieb mir nur noch mein Freund, der „Fernsehmonteur". Ich rief ihn an, er erbarmte sich meines Gerätes, baute ein neues Potentiometer ein und setzte alles wieder zusammen. Auch wenn der Knopf zum Verstellen der Lautstärke nicht mehr original aussah: Es funktionierte wieder. Ich konnte Kassetten und Radio hören wie zu vor. Noch einige Jahre machte es mir Freude.

Und so dachte ich mir: Nicht mein Gefühl zeigt mir, ob ich etwas kann, sondern meine Erfahrungen und Gaben machen ein Können aus.

Zum Nachdenken: Habe ich auch schon etwas versucht und ist mir nicht gelungen? Wie kann ich so etwas vermeiden?

Stichworte: An jemanden anlehnen, gemeinsam durchs Leben gehen, seinen Mann/seine Frau stehen

Sich anlehnen dürfen oder allein sein müssen?

Sie heißt Vanessa. Als Kind hatte sie vieles, was sie sich wünschte: Sie hatte eine Puppenwelt: natürlich Barby, dazu genügend Zubehör, aus denen sie auswählen konnte. Sie hatte schicke Barbykleidung für ihn und –kleider für sie. Sie baute für ihre Barbypuppen eine schöne Welt auf. Sie war glücklich. Später hatte sie dann ihr Smartphone. Damit war die Welt der Puppen zu Ende. Jetzt fand sie viele tolle Spiele, nicht solche Ballerspiele, die die Jungs oft spielten, sondern auch schicke Mädchenspiele, wo man z. B. ein kleines Urvieh versorgen muss, sonst schreit es oder wo man einsammeln kann und dafür Punkte bekommt. Diese Spiele – und ab und zu mal telefonieren – waren einfach phantastisch. Die Welt war in Ordnung, zumindest meistens, wenn da nicht die Schule gewesen wäre, die ihre Zeit forderte. - Aber manchmal war da noch etwas. Sie wusste nicht was, sie hatte einfach so ein Bedürfnis, mal mit ihrem Papa oder ihrer Mama zu quatschen. Sie wünschte einfach mal so gestreichelt zu werden. Sie hätte eine Umarmung gebraucht, vielleicht den Satz dazu: Schön, dass du da bist. Und dann hätte man sich innerlich so richtig zurück lehnen können. Ja, dann wäre die Welt rund gewesen. Aber ihre Eltern waren lange auf Arbeit. Wenn sie dann nach Hause kamen, waren sie müde oder hatten ja auch den Haushalt zu erledigen. Wenn sie dann mal zu Mama ging, hatte sie keine Zeit. Konnte sie nicht mal etwas eher aus dem Bad kommen (denn schick war sie ja, das gefiel auch Papa sehr)? Konnte sie sich nicht mal hinsetzen und ihre Tochter auf den Schoß nehmen? Blieb nicht nach dem Essen mal etwas Zeit, einfach so zum Erzählen? Mal nichts machen und gemeinsam den Duft der Blüten genießen – leider war auch dafür keine Zeit. Aber sonst hatte sie alles, war aber zu unbestimmten Zeiten – allein. Nein, sie war es vielleicht nicht einmal, aber sie fühlte sich – allein. Da waren zwar die Freundinnen. Sie hatten ähnliche Interessen wie sie, es war einfach schön, mit ihnen zusammen zu sein. Aber manchmal, da hätte sie gern mal mit Papa und Mama Zeit gehabt. Aber sie blieb – allein.

Vanessa lernte einen Jungen kennen, der wirklich toll war. Der sah so gut aus, der umarmte sie so zärtlich, seine Küsse ließen sie dahin schmelzen. Er hatte für sie Zeit. Schön, dass er da war. Und im Bett – ja das war für sie eine völlig neue Welt – so etwas Schönes und Reizvolles hatte sie noch nie erlebt. Er hieß Ken, genauso wie eine ihrer Puppen von früher. Nun denkt vielleicht der Leser: So ein Lotterleben. Sollen sie doch erstmal etwas Vernünftiges lernen. Aber das taten sie. Vanessa und Ken lernten beide einen Beruf. Und sie machten sogar ihren Abschluss. Sie lebten natürlich zusammen, warum auch nicht. Volljährig waren sie allemal. Und sie war schwanger. Nach den Regeln der Biologie entband sie nach neun Monaten – einen Jungen. Jakob-Lynn nannten sie ihn. Aber schon in der Zeit der Schwangerschaft wurde Ken so anders. Warum bloß? Klar, mit dickem Bäuchlein war sie nicht so schick wie sonst, aber das ging ja wieder vorüber. War es die fehlende Zeit? Sie steckte sie in Lehre und Baby. Eines Tages sagte Ken: „Du, Vanessa, ich ziehe aus. Ich habe eine andere kennen gelernt, wenn du die sehen würdest, wüsstest du, dass du mit der nicht mithalten kannst." Vanessa war fertig. Da kannten sie sich und lebten seit Jahren zusammen. Und dann haut der einfach so ab. Es verschlug ihr die Sprache. Und sie blieb mit ihren Tränen und mit Jakob-Lynn – allein. Schade, jetzt kann sie sich an niemanden mehr anlehnen. Allein.

Vanessa geht mit ihrem dreijährigen Jakob-Lynn in ein Eiscafe. Es ist das beste im Ort. Gerade noch ist ein Tisch im Garten frei. Sie kauft eine Schokolade für ihn und einen Saft für sich. Aber doch ist heute hier etwas anders: An einem Tisch sitzt ein Mann, nicht gerade ihr Alter, aber er sieht ganz gut aus. Dabei sitzt seine Frau und wahrscheinlich ihr gemeinsamer Sohn. Sie essen einen Eisbecher. Aber sie merkt, dass dieser Mann sie beobachtet. Sie kommt sich attraktiv vor, er steht auf solche Typen wie sie: Blond, rot geschminkt, schlank. Es erfüllt sie mit Stolz. Sie lächelt ihm zu, er aber kaum zurück. Mal sehen, was das wird. Eine neue Liebe? Manchmal geht es ja schnell. Ja, sie wünscht sich das. Ist sie doch innerlich sehr allein. Sie kann sich an niemanden anlehnen. Aber dieser Mann strahlt so viel Väterliches aus. Sie fühlt sich schon hier fast wie geborgen.

Das wäre doch toll! Sie hängt ihren Gedanken nach. Sie sieht ihn an und er sie. Nach einiger Zeit steht die Familie auf, geht an ihr vorbei und geht. War es das wieder mal? Und sie spürt es: Sie bleibt wieder – allein.

Noch viele Tage kommt sie in das hübsche Cafe. Noch viele Male schaut sie attraktiven Männern hinterher. Noch viele Tage bleibt sie allein, zwar mit Jakob-Lynn, aber – allein. Wie kann sie das ändern oder ist sie zum Alleinsein bestimmt?

<u>Zum Nachdenken:</u> Wie kann man Alleinsein verhindern? Wie können Wünsche und Realität in Einklang gebracht werden? Hat sie ein Recht auf Anlehnen-dürfen?

Aus dem Leben eines Apfelbaums

„Ha, ich werde groß und stark! Ich werde viel größer als du da neben mir! Heute geht es los!" „Na, nun mach dich mal nicht so wichtig. Bist ja erst sieben mm groß. Sieh mich an: Ich bin 38 cm groß. Bis zu meiner Größe brauchst du noch Monate, vielleicht Jahre. So sei lieber etwas bescheidener und lass Zentimeter folgen." „Vielleicht hast du Recht, großer Grashalm. Ich bin ja erst vor zwei Tagen aus meinem Kern „geschlüpft". Aber jetzt geht es los. Und eines Tages bringe ich selbst Apfelkerne." „Jaja, so denkt jeder Apfelbaum, der eigentlich erst einer werden will. Aber wenn es um nichts geht, hat er die große Klappe. Lass Früchte folgen." Und nun war es heraus: Die Geburt des kleinen Apfelbaums.

Nach vier Jahren trug das kleine Bäumchen seinen ersten Apfel. Darauf war es besonders stolz. Die anderen Bäume in seiner Umgebung brachten nicht viel mehr, obwohl sie schon wesentlich älter waren als er. Aber: Es war diesmal auch kein Apfeljahr; alle Apfelbäume schämten sich der wenigen Früchte. Aber was sollten sie machen, wenn ihre Blüte mit samt den Bienen plötzlich einen Temperatursturz auf – 6 °C durchleben müssen. Da war es vorbei. Und: dieser eine Apfel war auch ein Spätentwickler; er ist so klein, dass man ihn für eine Haselnuss halten könnte. Es war eben eine einzelne späte Blüte, die eben durchkam. Aber immerhin: Ein Apfel war da.

Nur sechs Wochen später: Unser Apfelbaum weinte. Die anderen Bäume seiner Umgebung fragten besorgt: „Warum weinst du denn?" „Da kam plötzlich so ein riesiges rundes Gummiding durch meine Äste geflogen und traf meinen Apfel. Beinahe wäre noch ein Ast gebrochen. Ich dachte, ein Blitz traf mich aus heiterem Himmel. Ich musste erst sehen, was los war. Dann sah ich es: Der Jean vom Nachbarhaus hatte beim Fußballspielen meinen Apfel heruntergeschossen. Es war ihm peinlich, aber es war nun mal geschehen. Mein einziger Apfel – er ist tot." Die anderen Apfelbäume auf der Wiese erinnerten sich an die Zeit, als sie so klein waren und ihren ersten Apfel trugen, wie es sein kann, dass die kleine Frucht nicht mehr wachsen kann. Während sie darüber nachsannen, merkten sie, dass man darüber wirklich traurig sein konnte. Vielleicht half ihr Mitleid dem kleinen Apfelbaum. Es war wirklich schade.

Fünf Jahre später: Unser Bäumchen war schon ein ganz guter Baum geworden. Die Menschen hatten drei Latten unter seine Äste geklemmt. Zunächst wusste er gar nicht, was dieses zusätzliche Holz bedeuten soll. Er hatte doch selbst genug davon. Als seine Äpfel immer größer und schwerer wurden, war er dankbar, dass zusätzliches Holz in Form von Stützen seine Äste erhalten halfen. Denn die Äpfel – so schön sie waren – hatten ihr Gewicht; nicht einer allein, aber viele zusammen getragen. Als die Zeit der Reife kam, freuten sich die Menschen über so viele Äpfel von diesem recht neuen Baum. Und natürlich freute sich auch unser Apfelbaum.

Denn es gelang ihm noch etwas: Ein Apfel, ein kleiner, der am äußersten Ende an einem Ast hing, war den Menschen zu klein, um auch noch geerntet zu werden. Dieser wurde so richtig reif, richtig überreif, überüberreif, schließlich so reif, dass er herunterfiel. Und jetzt wurde es spannend: Was geschah damit? Im Winter geschah damit gar nichts, zumindest nichts Nützliches – oder doch? Er wurde ganz gammlig, braun, erst hart vor Frost, als der Schnee wich wurde er ganz eklig weich. Aber dann, im April, da kam aus dem gammligen Typ eine kleine Pflanze heraus. Sie hatte zwei Blättchen. Ihre Wurzeln gruben sich in die Erde. Sie wurde fester und wuchs. Auf dieses Kind war unser Apfelbaum besonders stolz: Es war der tiefste Sinn seines Lebens: Nachwuchs zu bringen, nicht nur schöne Früchte, sondern neue Bäume, die auch wieder Früchte und Bäume hervorbringen konnten. Es war wie ein Fest. –

Aber dann: Vielleicht vergingen drei Jahre: Da kamen die Menschen, brachten ein Gerät mit, dass unser Apfelbaum überhaupt noch nicht kannte, und sahen sich die Apfelbäume an. Sie gingen zu einem und sprachen mit einander. Zugegeben: Es war ein uralter Geselle. Er hatte kaum noch Blätter, trug schon seit Jahren keine Früchte mehr, auch war sein Holz nicht gut. Unser Apfelbaum hörte die Menschen reden: Wollen wir den wirklich umsägen? – Na klar, der bringt schon seit Jahren keine Früchte mehr. – Aber mein Urgroßvater hatte ihn als Junge gepflanzt. Er erinnert mich immer an ihn. – Dann mach noch ein Foto von ihm, und weg mit ihm. – Wir haben anschließend eine Lücke auf der Wiese. – Wir können den Kleinen dorthin setzen. – Das ist eine gute Idee. Jetzt wurde es laut: diese kleine Maschine machte so einen Höllenlärm. Sie hielten das Ding an verschiedene Stellen des uralten Baumes und es fielen Äste auf die Wiese. Schließlich war von ihm nichts mehr zu sehen. Bis auf die Erde wurde alles weggesägt. Dann schwieg das laute Ding. Jetzt holte jemand einen Spaten, hob daneben ein Loch aus, kam zu dem kleinen Bäumchen, das aus dem Apfel unseres Apfelbaumes wuchs, grub es aus und setzte es an die Stelle des uralten. Stolz dachte unser Apfelbaum: Aha, so ist das: Wir sind klein und wachsen bis wir Früchte bringen. Dann bekommen wir unseren Platz, wo wir weiter wachsen können und noch mehr Früchte entstehen. Das ist ja prima; ein schlauer Gedanke der Natur – oder der Menschen – oder von Gott?

Fragen zum Nachdenken: Habe ich meinen Platz im Leben gefunden? Wenn ja: Wie sieht er aus? Welche Früchte darf ich bringen? Wenn nein: Wie kann ich ihn finden? Was wünsche ich mir?

Immer das gleiche – oder doch nicht?

Es ist doch jedes Jahr dasselbe: Die Bäume stehen im Wald, in den Gärten und im Park, immer dieselben. Mir geht der Kreislauf viel zu schnell: Schnee auf den Ästen muss den Knospen und Blüten weichen (sieht immer phantastisch aus), daraus entstehen Blätter und Früchte, die schließlich den Herbststürmen und –nebeln weichen; alles ist kahl und bereit für den Schnee auf den Ästen. Man hat immer dasselbe zu tun und dieselbe Arbeit. Und doch ist das dünne Bäumchen auf unserem Platz in zehn Jahren ganz schön dick geworden. Früher konnte ich über die Büsche im Park sehen, jetzt sind sie übermannshoch. Nachbars Katze war früher flink und geschmeidig, jetzt ist sie dicker und springt nicht mehr so hoch. Anscheinend verändert sich doch etwas?

Jede Jahreszeit verläuft kaum wie dieselbe vor einem Jahr: Es gibt nasse, schneereiche, kalte, milde Winter. Es gibt den Frühling, da blüht alles auf einmal, oder auch alles sehr wenig hinter einander. Der Sommer kann heiß und schwül sein, aber auch kühl und regnerisch. Auch der Herbst ist sehr unterschiedlich: Regnerisch, nebelig, sonnig, frostig. Die Natur scheint immer dieselbe zu sein – und doch ist sie es nicht.

Und ich? Ich fühle mich gut. Und das nicht erst seit einer Stunde, nein, das ist – abgesehen von einigen Schwankungen – ein Dauerzustand. Im Inneren fühle ich mich gut. Das ist vielleicht schon seit zehn Jahren so; zumindest kommt es mir so vor. Darüber bin ich auch froh, denn wer weiß, ob und wann das einmal nicht mehr so ist? Eigentlich bin ich doch derselbe wie früher. Na gut, der Bauch –. Aber vor zehn Jahren war ich auch nett, da gab es auch schon gute Seiten an mir. Zu meinen Kindern hatte ich auch damals ein gutes Verhältnis. Meine Frau liebte ich damals genauso wie heute. – Wenn ich aber daran denke, was ich damals noch konnte, dann merke ich Veränderung: Ich hatte ein dickeres Fell, jetzt geht mir das Leid anderer wesentlich näher. Beim Volleyball machte ich damals eine wesentlich bessere Figur, auch sportlich gesehen. Meine Kinder erholen sich wesentlich schneller als ich; ich brauche etwa die doppelte Zeit als sie. Auch kommt immer mal ein Wehwehchen, was früher nicht so war. Zum Glück gehen sie immer (noch?) wieder weg.

Meine Mutter schrieb ein Gedicht zu diesem Thema:

Der Hauch der Zeit (Clarissa Richter)

Ich bin nicht mehr, die ich einst bin gewesen.

Die Jugendfrische nahm der Hauch der Zeit

und zeichnet uns mit der Vergänglichkeit …

Das wundert mich! – Warum? – bin ich denn gar vermessen?

Ich bin nicht mehr, die ich einst bin gewesen!

Und wieder schau ich auf in mein Gesicht,

und sehe Runen drin, die kannt' ich nicht.

Das schreckt uns auf, wenn wir die Botschaft lesen.

Ich bin nicht mehr, die ich einst bin gewesen …

Erzitternd trifft mich wiederum der Hauch,

der lässt ergrauen meine Haare auch!

Ich seh' nicht mehr, was ich einst hatt' besessen …

Ich bin nicht mehr, die ich einst bin gewesen …

Wenn meine Seele sieht, was ich jetzt bin

und forschend tritt so vor mich selber hin …

Dann kann ich das Vergangne nicht vergessen …

Ich bin nicht mehr, was einst ich bin gewesen!

Ich senk mein Haupt … doch ich sollt dankbar sein!

Ist nicht der inn're Mensch gewachsen --- ich will heim!

Dazu ist Leid, Vergänglichkeit doch gut gewesen!

Während ich so Heute und Früher vergleiche, merke ich, dass es eine gewisse Reife braucht, um überhaupt den Vergleich hinzubekommen. Jungen Leuten kann das noch gar nicht gelingen. Gibt es ein Ausgereift-sein? Ich vergleiche und sehe, was gleich geblieben ist, und sehe, was anders geworden ist. Beides ist gut und dazu auch die Veränderung. Leben ist Veränderung, manchmal ganz allmählich. So entsteht Reife, ganz allmählich –

aber: Was ist überhaupt Reife? Sicherlich sieht sie bei jedem Menschen unterschiedlich aus. So heißt Vergänglichkeit nicht nur Weniger-werden, sondern auch Dazu-bekommen.

<u>Zum Nachdenken:</u> Was konnte ich früher besser als heute? Was kann ich heute besser als früher? Was ist in meinem Leben dazugekommen?

Wachsen und reifen

      Wann wächst etwas?
Wenn es immer größer wird – wie eine Birke?
Wenn es immer dicker wird – wie ein Steinpilz?
Wenn es immer länger wird – wie ein Regenwurm?
Wenn es immer schneller wird – wie ein Jaguar?
      Wann wächst jemand?
Wenn es immer besser erzählen kann – wie ein Kleinkind?
Wenn sie immer bessere Zensuren erhält – wie ein Schülerin?
Wenn er immer mehr Geld verdient – wie ein Bankier?
Wenn sie immer mehr wissen – wie die Gelehrten?
      Was ist Wachsen?
      Wann reift etwas?
Wenn es immer roter wird – wie ein Tomate?
Wenn es immer schwerer wird – wie die Äpfel am Baum?
Wenn es immer besser funktioniert – wie ein Auto?
Wenn es gut zu verstehen ist – wie ein Gedanke?
      Wann reift jemand?
Wenn er immer mehr weiße Haare bekommt – wie ein Opa?
Wenn die Krankheit überhand nimmt – wie bei der Oma?
Wenn der Ernst des Lebens Einzug hält – wie bei der Hochzeit?
Wenn man für die Ewigkeit gut ist – wie beim Tod?
      Was ist Reifen?

Eindrücke im Altersheim

Ich mache Besuche im Altersheim. Bevor ich zu der Person kann, die ich besuchen möchte, muss ich warten, denn der Reinigungsdienst arbeitet gerade bei ihr. So sehe ich, wie an einem Gestell eine kleine schmächtige Frau ins Bad gefahren wird. Und ich denke: So ist das (leider) mit uns Menschen: Auch sie war einst ein kleines Mädchen, das herumrannte und spielte. Auch sie war einst ein Schulkind, das alles gab, um die besten Leistungen aus sich herauszuholen. Auch sie war eine Jugendliche, auf die ein paar Jungs standen. Jedes Mädchen ist für irgendwelche Jungs attraktiv. Auch sie war eine junge Frau, vielleicht mit Familie, die im Beruf ihren Mann – bzw. ihre Frau – stand. Auch sie war eine erfahrene Frau, bei der die ersten Wehwehchen kamen. Auch sie war sicherlich eine Frau, die sich auf das Rentenalter, auf den etwas bequemeren Lebensabend, freute. Und jetzt? Jetzt ist sie Pflegefall. Zum Glück wird sie liebevoll versorgt. Aber: Ist das gerecht? „Herr, lehre uns bedenken, dass wir sterben müssen, auf das wir klug werden." so steht es auch für uns in der Bibel.

Ein alter Herr begrüßt mich und reicht mir seine Hand. Ich begrüße ihn auch und reiche ihm meine Hand. Er: „Oh, ein fester Griff." Ich: „Ja, meine Frau sagt manchmal, ich habe Hände wie ein Schraubstock." Er freut sich über meinen festen Griff und tut alles, um ihn zu erwidern; man merkt es ihm an. Jemand sagt: „Er ist auch dement, wie so viele andere." Und ich denke: Wenn er mit einem Handschlag so glücklich ist, dann dürfte es nicht schwer fallen, ihn öfters zu beglücken. Wenn es immer so leicht wäre.

Eine alte Frau steht mit ihrem Rollator vor ihrer Zimmertür. Sie grüßt jeden, der vorbei kommt. Nach zwei Stunden steht sie – ja immer noch oder wieder – vor ihrer Tür und grüßt die Leute. Sicherlich freut sie sich, wenn sie wieder gegrüßt wird. Was war sie einmal für eine Frau? Wie wurde sie früher glücklich? Möchte sie mehr als gegrüßt zu werden? Ich kenne sie zu wenig. Aber einen freundlichen Gruß kann ich ihr auch geben. Das sollte ja jeder erhalten – aber sie besonders.

Um 12 Uhr gibt es im Speisesaal Mittagessen. Bereits 11.30 Uhr sitzt ein alter Herr an seinem Tisch neben dem Gang. Um diese Zeit gehen viele Leute entlang; Personal und Bewohner. Auch er grüßt jeden. Sie grüßen wieder zurück. Mancher hat einen guten Satz für ihn. Dann freut er sich besonders. Immer nur in seinem Zimmer hocken mag er nicht. So ist für ihn die halbe Stunde vor dem Essen ein kleiner Blick von sich weg zu den anderen. Mache ich das: Von mir wegblicken zum anderen?

Es klopft. „Ja bitte?" Eine alte Dame kommt herein. „Darf ich mal auf Toilette gehen?" Hier stimmt doch etwas nicht. Man geht im Altersheim doch nicht bei anderen auf Toilette. Zum Glück kennt man diese Frau. „Moment, ich bringe dich in dein Zimmer." Langsam, wie fast alles im Altersheim, wird sie hinaus begleitet und in ihr Zimmer gebracht. Hier kann sie auch auf Toilette gehen. Alle sind froh, dass sich dieses Problem so leicht lösen ließ. Wenn es doch immer so wäre.

Und dann gibt es noch Situationen wie diese: Der andere liegt ganz apathisch im Bett. Er atmet vor sich hin und guckt gerade aus, irgendwohin. Ich begrüße ihn, ergreife seine Hand. Es erfolgt keine Reaktion, kein Gruß, kein Grunzen, nichts. Seit dem Schlaganfall kann er nicht mehr sprechen. Ich spreche ihn an, er reagiert nicht darauf. Hört er mich? Man sagt, das Gehör ist am längsten intakt. Ich sitze ein paar Minuten einfach an seinem Bett und möchte ihm das Gefühl der Gemeinschaft geben. Dann nehme ich aus meiner Tasche ein Büchlein mit Psalmtexten und lese einige vor. Zum Schluss bete ich mit dem anderen. Dann drücke ich sanft seine Hand und verabschiede mich – ohne selbst verabschiedet zu werden. Was solche Besuche „bringen", weiß ich nicht. Ich kann nur hoffen, dass Gott den anderen berührt. Dann war meine Anwesenheit gut.

Während ich die Menschen beobachte, wird mir klar, dass sie alle lebenswertes Leben haben. Viel Interessantes liegt hinter ihnen. Sie sind in Gottes Augen geschätzte und geliebte Menschen. Jesus hat auch für sie alle alles Mögliche getan, damit sie leben können. Und wieviel wurde ihnen im Laufe des Lebens geschenkt! Meistens nimmt man es gar nicht war, sondern sieht nur, was einem vermeintlich fehlt – bis es nicht mehr geht. Ich habe innerlich Hochachtung vor diesen Menschen mit ihren Lebenserfahrungen und

Gewohnheiten, mit ihren Kontaktversuchen und Eigenarten. Gott hat uns alle wunderbar gemacht – auch diese alten Leute.

<u>Zum Nachdenken:</u> Wie hat mich Gott beglückt? Vor wem habe ich innerlich Hochachtung? Warum?

Alle Jahre wieder

Advent – alles rennt.
Weihnachten – alles pennt.
Silvester – alles knallt.
Neujahr – alles verhallt.

Alle Jahre wieder kommt der Weihnachtsstress:
mit Gedudel und Gedusel,
mit Bim-bim und Tam-Tam,
mit Kerzenlicht und Blaulicht,
mit Krippenrind und Jesuskind.

Ist das alles? Dafür reißen wir uns einen auf? Wer braucht das?
Jesus ist mehr als Kunst und Kult.
Jesus ist mehr als Stimmung und innere Besinnung.
Jesus ist mein Freund (Jesus ist nicht der Weihnachtsmann).
Jesus ist mein Erlöser und mein Gegenüber.
Was bedeutet dir Jesus?
Alle Jahre wieder kommt Jesus zu dir! Und du?

Die kleine Flamme

„Kommen Sie herein! Sie brauchen keine Angst zu haben!", sagte die freundliche
Stimme am Eingang. „Darf ich Sie zu einem Platz begleiten?" „Achtung, ich rücke Ihnen
jetzt den Stuhl zurecht. – Jetzt – jetzt können Sie sich setzen." Jetzt saß Frau Werner.
Was ist denn hier los? Ist das ein Behindertentreffen? Nur: Wer ist behindert: Ich oder die
anderen? Um sie war alles finster. Es schienen noch mehr Menschen im Raum zu sein,
man hörte leise Stimmen. Was wird das werden? Ist das eine Luftschutzübung? Aber die
Zeit dürfte doch wohl lange vorbei sein. Oder kommt sie schon bald wieder? Nein, bloß
nicht, denkt Frau Werner. Allmählich schleicht sich etwas Angst ein. Die Situation ist
wirklich komisch. Hat sie sich so eine Einladung zu einer Adventsveranstaltung
vorgestellt? Was soll sie jetzt tun? Am besten ist, sie geht wieder nach Hause. Das wird
hier ja unerträglich! Soll sie schreien: Hallo! Ist hier jemand? Kann mich jemand hinaus
begleiten? Aber eigentlich hat sie gar kein Bedürfnis, das sie draußen erledigen müsse.
Nein, so kann sie es nicht machen! Oder soll sie sich einfach nach hinten fallen lassen.
Dann gäbe es ein Riesenspektakel. Sie wären natürlich selbst daran Schuld. Warum
machen sie es denn auch so finster. Dann würde schnell Licht eingeschaltet, denn man
muss ja nachsehen, was passiert ist. Dann wäre diese elende Dunkelheit wenigstens zu
Ende. Aber dann tun ihr vielleicht alle Knochen weh – und das bis Weihnachten.
Weihnachten mit blauen Flecken vor einer roten Kerze mit gelbem Licht zu sitzen ist
nicht zum Lachen. Nein, so kann man die Dunkelheit auch nicht auflösen. Vielleicht
könnte sie ganz laut quieken, einfach so nur quieken. Dann, nach 30 Sekunden Quieken,
müsste sie schreien: Nehmen sie doch nun endlich ihr Messer aus meinem Fuß; es tut mir
weh! – und weiter quieken. Aber, auch das erschien ihr nicht ideal, die Dunkelheit zu
durchbrechen. – Wieso ist es denn überhaupt dunkel? Klar, man hat kein Licht
eingeschaltet. Aber: Warum hat man kein Licht eingeschaltet? Haben wir eine
Stromabschaltung? Nein, denn die Straßenlaternen leuchteten eben auch noch. Sind

denen die Lampen kaputt gegangen? Bei so vielen Lampen im Raum wäre das höchst unwahrscheinlich. Dann hätte man mit Kerzen ausgeholfen. Es ist zu komisch, untätig in so einer Dunkelheit zu sitzen. Ob neben ihr auch noch jemand sitzt? Dass sie nicht eher auf diesen Gedanken gekommen ist. Sie fasst nach links – da schreit jemand: „Ihhhh, was ist denn das? Hilfe!!!" „Entschuldigen Sie, ich habe noch etwas kühle Hände, ich kam ja erst von draußen herein, hier in diese Dunkelheit. Ich wollte nur wissen,…"

Jetzt hörte man eine Männerstimme: „Allen ein herzliches Willkommen. Schön, dass Sie gekommen sind. Sicherlich ist es für die meisten von uns ungewohnt, in so einem dunklen Raum zu sitzen. Wir haben uns auch alle Mühe gemacht, Ihnen diesen Raum so gut wie möglich zu verdunkeln. Passen sie auf, was jetzt passiert:" Die ersten begannen zu wimmern. Frau Werner kannte noch den Krieg und dachte an unmenschliche Experimente. Sie war bereit, im nächsten Moment zu rufen „Das ist ja unerhört!" Bei allen war die große Anspannung anzumerken. Jetzt! Der junge Mann zündete ein Streichholz an und mit ihm eine Kerze. Stille, kein Wort war zu hören. Die kleine Flamme durchflutete den Raum – und jedes Herz. Jeder wärmte sich an ihr. Sie war die Erlösung des Abends. Entspannung und Frieden machten sich breit. Jeder genoss die ruhige, kleine Flamme, die soviel bewirken konnte. Licht – und ist es noch so wenig – ist etwas Wunderbares! Das haben alle aufgesogen: Ein Lichtlein in der Finsternis: Egal wie groß, es zieht alle an. Und noch eine Überraschung zeigte sich: Eine festlich gedeckte Tafel. Jetzt konnte die Adventfeier so richtig beginnen. Es hatte sich eben doch gelohnt, sich auf den Weg zu machen. Also: Nicht immer gleich verzagen, nicht gegen die ganze Welt misstrauisch sein; vieles löst sich zum Positiven. In vielem Dunklen findet sich ein kleines Licht, auch wenn man etwas warten muss.

Zum Nachdenken: Wann habe ich die Erlösung durch Licht erlebt? Wovon wurde ich erlöst?

Adventskalender

Haben Sie einen Adventskalender? Nein? Natürlich nicht im Juli, wenn Sie vielleicht am Strand dieses Buch lesen. Oder auch nicht im März, wenn Sie eine Geschichte für Ihre Gesprächsrunde heraussuchen. Oder auch nicht im Oktober – obwohl: In diesem Monat wird es langsam interessant - , wenn Sie einfach so zur Entspannung ein paar meiner Geschichten lesen wollen (das ehrt Sie übrigens meinerseits). Ich meine einen Adventskalender für die Adventszeit, also vom 1. bis 24. Dezember.

Und ich? Natürlich habe ich einen Adventskalender. Nicht jedes Jahr den gleichen. Da ist ja überhaupt kein Überraschungseffekt mehr dabei. Jeder Tag in der Adventszeit wird veredelt, weil man am Morgen eine kleine Spannung erlebt, eine Erwartung der Überraschung. In einem Jahr hatte ich einen Kalender, in dem für jeden Tag ein Stein zu finden war - nein, nicht Granit (vielleicht noch vom Straßenpflaster unserer Stadt, obwohl das einen gewissen Erinnerungswert hätte) oder Schiefer (vom Schieferdach des Nachbarn, im letzten Sturm herunter gefallen) oder Sandstein (von der letzten Wanderung im Elbsandsteingebirge mitgebracht). Jeden Tag fand ich einen Halbedelstein, wie z. B. einen Karneol, einen Perlmutt, natürlich auch einen Amethyst oder ein Tigerauge oder einen Weißen Jade. Das war ein phantastischer Kalender, einfach weil die Steine mir prima gefallen.

In einem anderen Jahr hatte ich einen Kalender, bestehend aus einer Box, in der für jeden Tag ein kleines Heft mit Meditationstexten steckte. Es war interessant, ein paar Gedanken zum Advent zu lesen und ein paar schöne Bilder anzusehen. – Ein anderer Kalender enthielt für jeden Tag eine kleine Laubsägearbeit als Baumbehang. Die Motive haben mich fasziniert. – Meine Tochter findet Sprüche-Adventskalender immer phänomenal. Wenn man früh aufsteht, fragt man sich: Was für einen Spruch oder Bibeltext darf ich heute lesen? – Auch einen Kalender mit einer kleinen Geschichte an jedem Tag ist eine prima Sache. – Nicht zu vergessen: Die Kalender mit Süßigkeiten: Jeden Tag eine kleine

Schokolade. Es ist zwar immer dieselbe Schokolade, aber das merkt man erst als Erwachsener. Als Kind ist es einfach schön, den Tag mit einem kleinen Stück Schokolade zu beginnen.

Natürlich waren als Kind auch die Kalender mit den Bildern eine schöne Sache: Ein Mittelaltermarkt oder ein Kinderzimmer oder eine Schneelandschaft mit spielenden Kindern. Schon das Gesamtbild war täglich eine Bereicherung. Und dann das Suchen des heutigen Türchens oder Fensterchens, denn die Zahlen waren ja nicht der Reihe nach zu lesen. Dann wurde die Papptür so geöffnet, dass man nicht den Kalender beschädigte – und zu sehen waren: ein Räuchermann, ein Lichterengel, ein Schwippbogen, eine Kerze, eine Kugel, usw. Das hat uns als Kindern viel Spaß gemacht.

Und dann gab es noch die selbst gebastelten Kalender oder besser: die selbst bestückten Kalender. Wir hatten ein Filztuch mit 24 Taschen. Darin wurde für jeden Tag etwas gesteckt. In die anderen Taschen hat man einfach nicht hinein gesehen, denn sonst war ja die Spannung für die restlichen Tage wie weggeblasen. Das konnte und wollte man sich nicht antun. Oder es gab für jeden Tag ein selbst gefülltes Überraschungsei. Darin war ein Zettel, was es gab, z. B. kleines Schulmaterial wie Patronen für den Füllhalter, kleines Spielzeug wie ein paar bunte Männchen, etwas Interessantes zu Essen wie Trockenobst und Nüsse oder eine Extraüberraschung wie ein kleines Büchlein. Auch wenn sie viel Arbeit machten, waren diese Kalender wohl die besten.

Aber neulich, da fand ich einen Kalender. Ich dachte: Ist das auch ein Adventskalender? Doch dann fand ich des Rätsels Lösung: Er war die Ausgeburt der Adventskalender, ein totaler Missbrauch des adventlichen Öffnen des Türchens, auch wenn er aus Pappe war: Er war ein Kalender, in dem 365 Türchen, schön nach Monaten sortiert, zu öffnen waren. Da gewöhnt man sich ja an diesen kleinen schönen Kult. Nein, so ein Kalender ist aus Sicht der Adventskalender eine Schande.

Entscheidend bei allen Advents-Kalendern war und ist der Überraschungseffekt und das nette kleine Geschenk. Und das kann jeder gebrauchen. Das hebt die Lebensqualität. Das muss nicht teuer sein. Eine kleine Freude fürs Herz, fünf Minuten Frohsinn und

Leichtigkeit – wem tut das nicht gut? Denken Sie mal darüber nach – die nächste Adventszeit kommt bestimmt.

Zum Nachdenken: Wie kann ich in meinen Alltag ein bisschen Überraschung hinein bringen?

Stichworte: Bote sein, glücklich werden, Jesus begegnen

Thamar in Bethlehem

Bethlehem im Jahre 3754 nach der Erschaffung der Welt. Es hieß, das Jesuskind sei geboren. Auch wenn es nicht besonders heilig aussah, wollten alle, die an Jahweh glaubten, dem Baby Jesus ein Geschenk machen. Sie wollten ihm dadurch Ehre und Anbetung bringen. Alle Kinder suchten sich etwas, was sie schenken konnten. Es sollte aber nicht irgend etwas Gerassel sein, sondern schon etwas Besonderes. Thamar war 10 Jahre. Sie konnte noch so sehr überlegen, sie fand nichts, was sie verschenken konnte. Entweder gehörte es der Mutter oder, wenn es schon ihr gehörte, fand sie es zu komisch, es Jesus zu schenken. Ihre Sachen waren ihm nicht würdig genug. Trotzdem wollte sie das kleine Baby sehen. So schlich sie zur Geburtsstätte, klopfte an und wurde hereingelassen. Sie kniete an der Krippe beim Jesuskind, ihr rollten die Tränen über die Wangen, sie streichelte einfach nur über das Köpfchen und genoss diesen Augenblick. Da sah das Jesuskind sie an und lächelte, wie es Babys zuweilen tun. Aber Thamar war glücklich. Er hatte ihr Streicheln und ihre Minuten Zeit angenommen.

Zum Nachdenken: Werden wir dadurch schon zu Engeln, wenn wir Streicheln und ein paar Minuten geben? Ist das für andere schon frohe Botschaft?

Advent in der Straßenbahn

Erfurt, Dienstag, 12. Dezember 2016. Weihnachtsmarkt auf dem Domplatz. Es ist ein sehr schöner in Deutschland. Die Straßenbahn fährt am späten Nachmittag auf dem Domplatz ein. Micki sitzt auf ihrem Platz und hat Kopfhörer auf. Oma Gerda hält sich am Stock fest. Frank Berger schaut einfach so zum Fenster hinaus, auch wenn er hier schon zum 1386 mal vorbei fährt. Miss Biggi schreibt auf ihrem Smartphone. Paul und Franz, die Zwillinge, malen an der beschlagenen Fensterscheibe. Die Mutter liest in einem Buch.

Die Straßenbahn hält. Ja, wer steht denn da an der Haltestelle? Ein roter Mantel, aber kein Latexmantel, sondern ein Weihnachtsmannmantel. Und jetzt steigt er auch noch ein. Na da, das hat man ja nicht jeden Tag: Eine Straßenbahnfahrt mit dem Weihnachtsmann. Paul und Franz werden ganz hibbelig: Der Weihnachtsmann! Jetzt streichelt er die beiden über den Kopf. Micki nimmt die Kopfhörer ab und will jedes Wort vom Weihnachtsmann mitnehmen. Oma Gerda lächelt den roten Gesellen verklärt an. Und Miss Biggi quatscht gleich los und erzählt von sich. Als wenn der Weihnachtsmann ein Sorgen-voll-quatsch-Automat wäre. Würde sie das auch tun, wenn der gleiche Mann ohne Rauschebart und roten Mantel eingestiegen wäre? Nur Frank Berger denkt, na gut, der muss ja auch wieder nach Hause. Aber auch er ist von dieser märchenträchtigen Fahrt überrascht. Selbst die Mutter unterbricht ihre Lektüre an der spannendsten Stelle und sieht voller Güte den roten Gesellen an.

Als drei Stationen weiter der Mann aussteigt, sind alle Fahrgäste glücklich. Alle strahlen übers ganze Gesicht! Die Welt ist doch schön! – Was so ein roter Weihnachtsmannmantel bewirken kann. Wäre das auch im Juni möglich? Die Welt wäre schöner – oder?

Zum Nachdenken: Was kann ich tun, damit mein Gegenüber etwas mehr lächelt?

Heilig Abend (24. Dezember)

„Schön, dass ihr gekommen seid. Hattet ihr eine gute Fahrt? Ja, na das ist wunderbar. Wir haben uns ja auch so lange schon nicht gesehen." Und man freut sich und lacht – endlich mal wieder zusammen.

Während man sich so auf einander einstellt, klingelt es erneut. „Hallo! Auch ihr seid herzlich willkommen. Damit die Runde bald voll werde! Wir haben uns schon auf euch gefreut." Und wieder genießt man die Sekunden des Stehens im Wohnungsflur.

„Wollt ihr etwas zu trinken? Natürlich, reisen macht durstig." Jeder bekommt das gewünschte Getränk. Als das vorletzte Glas halb gefüllt war, klingelt es erneut an der Wohnungstür.

„Na, das ist ja wunderbar. Hattet ihr eine gute Fahrt? Und die Kinder sind ja wieder gewachsen!" Alle umarmen und begrüßen sich.

Die Runde füllt sich, das große Wohnzimmer kann alle fassen. Das gemeinsame Abendbrot schmeckt in Gemeinschaft noch mehr. Endlich sieht man sich wieder. Und auch die große Geschenkaktion wurde ein voller Erfolg. Wer dachte, hinterher hat man mehr Platz im Auto, konnte schlecht kalkulieren. Es kostete schon einiges Geschick der Familienangehörigen bis alles verstaut wurde – auch wenn die Jüngsten mithalfen und die kleinsten Dinge an den ungewöhnlichsten Stellen auf den Nach-Hause-Weg „schickten". Beim nächsten Generalsäubern kamen sicherlich auch wieder die letzten Weihnachtsgeschenke zum Vorschein. Aber bis dahin brauchte es noch viel Zeit – jetzt war man erst mal wieder zusammen – eine phantastische Gemeinschaft. --

In der gleichen Straße, nur zwei Häuser weiter, wohnte ein altes Ehepaar. Er war schon über 90 und wurde von seiner Frau gut versorgt. Er sah nichts mehr seit dem er einen Schlaganfall hatte. Sie war auch nicht mehr die Jüngste, aber es ging ihr noch so weit gut. An diesem Abend – Heilig Abend – saßen sie zusammen im Wohnzimmer. Er roch den

Kerzenduft und die Lebkuchen. Sie gab ihm, was sein Herz erfreute. Sie genossen wieder Mal Weihnachten. Die Musik lief.

Gerade sang man Stille Nacht, Heilige Nacht. Da bemerkte sie, mit ihm stimmte doch etwas nicht. Sie wandte sich ihm zu; er saß wie ein nasser Sack im Sessel. Sie rief ihn, er antwortete nicht. Sie überzeugte sich – hier musste der Notarzt her. Da alle unterm Baum die gelben und roten Lichter bewunderten, sah niemand das vorbeihuschende blaue Licht. Der Notarzt konnte nur noch den Tod bestätigen. Und das zu Weihnachten.

Während sie auf den Wagen vom Bestatter wartete, wusste sie nicht, ob sie die Weihnachtsstimmung genießen oder sich von ihrem Mann verabschieden sollte.

Schließlich tat sie das Wichtigere: Abschied nehmen. Da wurde es ihr erst so richtig bewusst: Er lebt nicht mehr. Er ist nicht mehr da. Sie bleibt allein zurück. 70 Jahre waren sie verheiratet, jetzt war sie allein. Ob sie das schaffen wird? Unendliches Leid überkam sie. Und das zu Weihnachten. Was sollte sie machen?

Zum Nachdenken: Muss man zu Weihnachten auch die Leute in Not sehen? Muss man sich zu Weihnachten die Not in der Welt bewusst machen oder darf man auch richtig feiern?

Küsse vom Weihnachtsmann

Maria und Karl sind frisch verheiratet. Ein halbes Jahr später wird es Weihnachten. Karl: „Du weißt ja: Jedes Jahr bin ich als Weihnachtsmann zu verschiedenen Familien gegangen. Das hat mir unwahrscheinlich viel Spaß gemacht. Ich würde das auch dieses Jahr tun. Und wenn ich dann am 24. abends nach Hause komme, beginnt für uns Weihnachten." Maria war von diesem Gedanken nicht so recht erfreut; gern hätte sie ihren Karl schon am späten Nachmittag bei sich gehabt. Aber was sollte sie machen? In manche Dinge muss man sich fügen. Dafür konnte sie … und hatte von ihm … – aber dieser Gedanke ‚Was bekomme ich dafür?' ist blöd. Liebe kauft und handelt nicht, Liebe schenkt. Also bricht sie diese Denkrichtung ab. Sie liebt ihn!

Die Zeit vergeht. Maria hat ihre Geschenke für Karl im Wohnzimmer aufgebaut. Die Kerzen brennen. Eine CD mit Weihnachtsliedern bringt eine gewisse Stimmung. Der Weihnachtsbaum leuchtet. Sie sitzt auf der Couch und genießt die Atmosphäre. Es ist schön! Mit Karl wäre es noch schöner. – Schließlich nimmt sie sich ein Buch und liest. – Irgendwann bekommt sie Hunger; sie genießt den guten Stollen. – Dann setzt sie sich wieder ins Zimmer und wartet; ja, sie wartet einfach wieder auf Karl. – Die Zeit vergeht Stunde um Stunde. – Vorwürfe steigen in ihr hoch: Da sind sie nun verheiratet und er ist nicht da. Er lässt sie einfach so sitzen und futtert sich bei den fremden Leuten durch. Sie hat sich extra schön gemacht – nur für wen? Aber nein! Sie will ihm keine Vorwürfe machen. Liebe macht dem anderen keine Vorwürfe. Also wartet sie weiter. – Nochmal die CD, auch wenn sie die Lieder schon kennt. – Nochmal in das Buch hineinsehen. Aber es macht keinen richtigen Spaß. – Langsam wird sie müde. Sollte sie schon ins Bett gehen? Nein! Sie wartet! – Sie überlegt: Was hat sie alles Schönes um sich? Frieden, Karl (auch wenn er im Moment nicht da ist), Weihnachten, schöne Atmosphäre, gewissen Wohlstand, Arbeit, nette Hausnachbarn, nette Schwiegereltern, …

Während sie so überlegt; und da kommt noch einiges dazu; klingelt es. Wer kommt denn jetzt? Um 22.13 Uhr? Da klingelt es schon wieder. Sie geht vorsichtig zur Tür. Sie öffnet sie nur einen kleinen Spalt. Da steht der Weihnachtsmann vor der Tür! Was will der denn hier? Aber sie ahnt schon. Und dann liegt sie in seinen Armen. Hui ist das schön! Durch den Rauschebart bekommt sie einen Kuss nach dem anderen! Sie umarmen sich und drücken sich und streicheln sich. Nachdem der erste Gefühlssturm verfliegt treten sie ins Wohnzimmer. – Spät am Abend denkt sie: Das war ein tolles Weihnachten! Das Warten hat sich gelohnt. Küsse vom Weihnachtsmann bekommt man nicht alle Tage; mancher nie im Leben. Beide sind müde – aber total glücklich. Weihnachten.

Zum Nachdenken: Was macht Weihnachten zum Fest? Welchen Platz hat Mitmenschlichkeit? Wie kann Materielles teilweise ersetzt werden?

Im Kinderzimmer

Auf dem Boden liegt ein Scheibenmann. Was ist denn das? Das ist eine Figur aus einer Pappe ausgeschnitten und bemalt, so flach wie eine Scheibe. Er ruft: „Hilfe, da kommt schon wieder dieses Auto. Es will mich wieder überrollen!" Ja tatsächlich: Das rote Spielzeugauto kommt und fährt einfach mit einem großen Lachen über den Scheibenmann. Er: „Nein, nein, nein, immer muss ich diese Belastungen aushalten. Ich bin schon ganz zerkratzt. Hilft mir denn niemand?" „Was ist denn los? Warum machst du so ein Geschrei? Es ist doch alles friedlich!" meldet sich der Teddybär. „Von wegen alles friedlich! Das Auto kommt, wann es will und fährt ausgerechnet über mich. Ich finde das überhaupt nicht lustig." „Ist das denn so schlimm? Ich werde auch mal in eine Ecke geworfen. Aber dann stehe ich wieder auf und gehe auf meinen Platz. Man muss doch nicht aus allem ein Problem machen!" „Das ist frech und tut außerdem noch weh!", sagt der Scheibenmann, „Hilfe! Jetzt kommt es schon wieder!" „Hahaha, Platz da, jetzt komme ich! Und ich fahre, wo ich will! Hier gibt es sowieso keine Straßen.", grölt das rote Auto und fährt so richtig über den Scheibenmann – bis es schließlich wieder in seiner Garage verschwindet. „Hast du das gesehen, Teddy? Mir blieb fast die Luft weg. Wenn der noch ein paar Mal kommt, bin ich so kaputt – dann kannst du mich wegschmeißen. Bei diesem Gedanken kommen mir fast die Tränen." Der Teddy: „Du bist aber auch eine komische Gestalt. Kannst dich nicht fortbewegen, liegst nur rum und jammerst." „Was kann ich denn dafür? Ich bin eben ein Bastelprodukt zum Schulanfang. Und dabei sah ich mal so schick aus!" „Da musst du eben warten bis man dich wegräumt. Bis dahin musst du das Auto eben noch etwas aushalten." „ Was - aufräumen? Das passiert hier doch ganz selten, vielleicht viermal im Jahr: Vor Weihnachten, vor Ostern, vorm Urlaub und vorm Geburtstag. Aufgeräumt wurde erst vor zwei Tagen. Und da war es schon ein Extraereignis: Vor dem Schulanfang. So schnell wird das nicht wieder – Hilfe! Das Auto kommt schon wieder." Das Auto johlt: „Hahaha, das ist ein toller Tag.

Auf Neues Flaches fährt es sich so schön. Wo bist du, Scheibenmann? - Daaa!!!" Und es fährt darüber, soviel es möchte.

Der Scheibenmann kommt ganz außer Puste: „Teddy, kannst du mir nicht helfen? Ich gehe kaputt! Es ist die Katastrophe!" „Was können wir nur machen? Vielleicht – vielleicht – vielleicht stelle ich mich auf dich?" „Bloß nicht! Das geht nicht, du bist viel zu schwer! Da sterbe ich ja schon wenn du kommst!" Teddy: „Vielleicht – vielleicht sage ich dem Auto, dass es so etwas nicht machen soll?" „Probier es! Hilfe, da kommt es schon wieder!" Teddy: „Halt! Du darfst nicht über den Scheibenmann fahren!" Aber das Auto lacht nur: „Hahaha, hahaha, so ein Spaß heute auch! Das wird ja viel schöner als ich dachte. Wer verbietet mir, wohin ich fahren soll? – Wo ist der Scheibenmann? Ach, dort! Und hin, und her, und hin, und her!" „Ich ahnte es schon gleich. Das wird nichts. Teddy! Hilf mir!" Da hat Teddy eine zündende Idee: „Ich schiebe dich unters Bett. Da ist für das Auto nicht so viel Platz." Scheibenmann: „Das ist gut! Los, hau ruck. – Hier ist es ruhig." Er lag noch gar nicht richtig darunter, da kam das rote Auto schon wieder: „Wo ist der Scheibenmann? Ich will auf ihn fahren! Er ist weg! – Ja, das ist ja eine Frechheit, einfach unters Bett zu gehen. Das hast du wohl gemacht, du blöder Teddy?" Es bleibt ihm nichts anderes übrig als wieder wegzufahren.

Nach einer Weile meldet sich der Scheibenmann: „Du, Teddy?" „Was ist los?" „So toll ist es hier unten auch nicht." „Warum denn nicht? Du hast Platz, das Auto kann nicht mehr über dich fahren – alles o. k. Oder?" „Ja, aber die Socken riechen so stark, der Staub wirbelt immer so, ich stoße mich immer am LEGO. Und dann ist es so dunkel. – Kannst du mich nicht wieder herausholen?" Und so bequemt sich der Teddy wieder zum Scheibenmann, diesmal unters Bett und zieht ihn wieder nach draußen. „Hier ist die Luft besser! – Hilfe, hilf mir Teddy, da kommt es schon wieder!" So richtig hatte der Scheibenmann gar nicht aussprechen können, da war das rote Auto schon wieder da: „Hahaha, da bist da wieder! Wolltest mir wohl eine Freude machen. Und rauf, und hin, und her, und hin, und her." „Uff, Ich halte das nicht mehr aus! Kann mir denn niemand helfen?"

Ja, welche Möglichkeiten gäbe es noch? Irgendwie muss doch dem Scheibenmann geholfen werden.

Mal sehen, auf welche Idee die beiden kommen:

„Wer hilft mir?", ruft der Scheibenmann. „Ich bin schon ganz schwach! Immer dieses Auto aushalten!" Teddy: „Wir schaffen das nicht. Wir brauchten eine Hilfe von außen. Was können wir nur machen?" „Wir müssten so richtig Krach machen. Dann kommt vielleicht jemand." „Das ist eine gute Idee, Scheibenmann. Ich schiebe das Buch vom Bücherbord. Wenn es herunter fällt, kommt vielleicht jemand." Gesagt, getan: Teddy klettert aufs Bücherbord und schiebt und schiebt. Schon steht das Buch bedenklich über der Kante. Noch ein Ruck – es fällt mit einem Krach nach unten. Da öffnet sich die Tür zum Kinderzimmer. Die Mutti nimmt das Buch, stellt es wieder ins Regal. Dazu stellt sie auch den Scheibenmann. Dann geht sie wieder hinaus, auch wenn sie das alles nicht so richtig versteht. Jetzt kommt wieder das rote Auto: „Wo ist der Scheibenmann? Wo ist der Scheibenmann! Ich will wieder fahren." „Hier bin ich! Ich stehe hier oben!" „Wow! – Komm herunter und leg dich hin, ich will fahren." „Fahr du mal woanders. Mich hat jemand aufgestellt. Jetzt ist dein Darauf-fahren vorbei!" Und der Teddy meint: „Und jetzt kommt wieder Frieden ins Kinderzimmer!"

<u>Zum Nachdenken:</u> Wann habe ich jemand Leidenden und vielleicht Schwächeren gesehen? Konnte ich helfen, wenn ja wie? Wie müsste Schwachen geholfen werden?

Seltener Unfall auf Station 3

Frau Wachtsam wohnt im Seniorenheim und fährt einen Rollator. Heute ist sie wieder unterwegs, sie will ein bisschen im Park fahren. Sie geht zum Fahrstuhl, um nach unten zu gelangen – und dann geht es in die Nachmittagssonne.

Frau Schnell wohnt im gleichen Seniorenheim und fährt auch einen Rollator. Das ist nichts Besonderes, tun es sehr viele Heimbewohner. Sie macht sich auf den Weg zu ihrer Freundin, um mit ihr einen Tee zu trinken. Darauf freut sie sich schon.

An der Ecke treffen beide Frauen auf einander. Keiner sieht den anderen, denn man kann ja beim Rollatorschieben nicht um die Ecke schauen. Keiner rechnet damit, dass gerade jetzt im gleichen Augenblick noch jemand an derselben Ecke entgegen kommt. Da kracht es. Beide Rollatoren verhaken sich in einander. Die Frauen gehen gemeinsam zu Boden, sie können sich ja nicht mehr richtig festhalten. Jeder, der dieses Geschehen sieht, hofft, dass beide unverletzt bleiben. Aber man ist verblüfft, denn der eigene Gesundheitszustand spielt keine Rolle: Frau Wachtsam fängt an zu schimpfen: Konnten Sie nicht ein bisschen aufpassen? Ich wollte doch nur in den Park. - Frau Schnell: Mussten Sie ausgerechnet jetzt kommen? Sonst begegnen wir uns doch auch nicht an dieser Stelle. – Das ist ja unerhört, mich noch zu beschuldigen, ich hätte warten sollen. – Ja aber ich hätte wohl warten sollen? Ich wollte doch nur zu meiner Freundin. Ich wusste schon immer, dass Sie sie nicht leiden können. So aber nicht mit mir. (Man vergesse nicht, beide krabbeln irgendwie am Boden herum und wollen aufstehen, was ohne Rollator nicht ganz so einfach ist.) – Nun lassen Sie mich endlich in Frieden. Sie sind ja gehässig, fahren dem anderen in die Gehhilfe und schimpfen noch darüber. Sie sind sich wohl nicht ganz einig? Dann sollten Sie mal einen Psychologen besuchen. – Ich schütte Ihnen gleich meine Teebeutel in den Kragen, wenn Sie nicht aufhören zu meckern. – So eine Frechheit ist mir im ganzen Leben noch nicht begegnet. Wohin bin ich nur geraten? – Nun hören Sie auf zu jammern und zu schimpfen. So etwas Gemeines ist mir noch nie über den Weg gelaufen. – Ich schlage ihnen gleich die Birne ein. So eine dumme Gans gehört aus dem Weg geräumt. – Gerade Sie müssten als erstes das Gras von unten ansehen. Selbst das wäre noch zu gnädig für so ein gehässiges Weib wie Sie! … So ging es noch eine Weile, bis Pfleger Felix kam. Wer Schuld hatte, falls es überhaupt jemand war, konnte er nicht ermitteln. Weder hieß er Richter noch war er einer. Aber er half einfach den beiden Frauen auf die Beine. Zum Glück konnten beide ihren Weg weitergehen, auch wenn das allmähliche Abreagieren und vor sich Hinmurmeln als Begleitung dabei war.

Hat sich das Schimpfen gelohnt? Kam vielleicht deshalb der Pfleger schneller? Vielleicht. Man hätte ihn auch anders rufen können. Dazu kommt, dass die Beziehung der beiden belasteter ist als vorher. Hat sich also das Schimpfen gelohnt?

<u>Zum Nachdenken:</u> Wie hätte man die Situation besser meistern können? Was hätte allen geholfen?

Segenswünsche

Wir leben, um zu lieben - wir lieben, um zu leben.
Wir leben, um zu danken -   wir danken, um zu leben.
Wir leben, um zu bitten - wir bitten, um zu leben.

Unser Denken verläuft von Gott zum Nächsten.
Unser Reden dient Gott und dem Gegenüber.
Unser Handeln beginnt bei Gott und endet beim Mensch.

Wir leben von Gott.
Wir leben für Gott.
Wir leben bei Gott.

Der Herr wandle unser Wünschen um in Wollen
und unser Wollen in Vollbringen.
„Herr, sei uns Sündern gnädig!"

Der ständige Begleiter

Endlich ist es so weit! Sie kennt das Ding schon von ihren Bekannten. Endlich hat sie auch so eins. Yvonne freut sich über ihr neues Smartphone. Jetzt kann sie überall und immer, wenn sie will, telefonieren und ins Internet und über WhatsApp mit aller Welt kommunizieren. Wie das geht, weiß sie bereits. Natürlich muss sie sich damit beschäftigen, denn sie möchte ja auch die anderen Möglichkeiten kennen und damit umgehen können. Dieses Wischbrett, wie es andere boshafterweise nennen (sie weiß gar nicht warum, es ist doch so nützlich), hat ja noch mehr Möglichkeiten: Weckfunktion, Notizbuch, Einkaufszettel (man kann es so einrichten, dass das, was im Haushalt aufgebraucht wurde, gleich eingetragen wird und auf einer Einkaufsliste erscheint), Erinnerung an wichtige (?) Geburtstage und vieles mehr. Und wenn es mal langweilig werden sollte, kann man aus vielen Spielen eins aussuchen. Übrigens: Auch die Bibel lesen kann man auf so einem Smartphone (also muss es doch gut sein). So ein Handy ist doch eine nützliche Sache. Und so ist sie ständig mit diesem Ding beschäftigt. Und das Interessante ist: Sie hat gar keinen Hunger, dieses Gerät zieht sie völlig in ihren Bann. Nun gibt es in ihrem Umkreis nicht nur ein Smartphone, sondern auch noch einen Ehemann, zwei Kinder und eine Katze. Welchen Status haben sie? Diese Frage ist gar nicht so leicht zu beantworten, denn die Zeiten haben sich mit dem Eindringen des Smartphones in Yvonnes Welt grundlegend geändert. Sie schreibt jetzt an ihren Ehemann eine Info. Auch die Kinder erhalten über WhatsApp Erinnerungen. Nur die Katze – sie wird immer dünner, bis sich die Kinder des lieben Tieres erbarmen und ihr vom Taschengeld etwas Futter besorgen. Ein Freund der Familie meinte eines Tages: Na, Yvonne ist wohl jetzt mit ihrem Smartphone verheiratet? Es scheint so. Und wenn man sie anspricht während sie gerade wieder mit ihrem Handy zu tun hat, kommt generell erstmal ein „Häh?". Beim zweiten Mal kann man schon mit ihr reden. Da schaltet sie relativ schnell um. (Es soll ja Menschen geben, die reagieren erst, wenn man sie an- oder fast umstößt.)

Immer und überall hat Yvonne ihr Smartphone dabei, denn es ist ja soo nützlich: Wenn sie mit der Straßenbahn fährt, natürlich nachts wenn sie schläft, wenn sie im Gottesdienst sitzt, wenn sie zu Hause ist – natürlich – , wenn sie Volleyball spielt, ja sogar wenn sie duscht liegt es nicht weit entfernt. Früher nahm ein kleines Kind seinen Teddybär überall mit hin. Gut, dass es heute für Erwachsene auch so einen ständigen Begleiter gibt, zwar nicht so weich, aber weit, weit nützlicher.

Allerdings darf sie von ihrer Umwelt erwarten, dass sie auch ein bisschen Rücksicht auf sie nimmt. Denn dieses kleine Ding meldet sich immer wieder. Da muss sie natürlich schnell mal gucken und bei Bedarf reagieren. So kommt es durchaus vor, dass es beim Frühstück einen Ton von sich gibt: „Ring-ring". Yvonne guckt darauf und schreibt etwas. Der Vater sagt schon genervt: „Muss das denn jetzt sein?" „Das war Ninette. Sie geht heute schon sehr früh einkaufen und fragt, ob ich mitkomme. Da muss ich ihr doch antworten." Dieses „Ring-ring" ertönt bald darauf wieder. „Die Kinder sind gut in der Schule angekommen, zum Glück." Dann wieder: „Nur eine Werbung". Dann – die Familie ist längst ihren Aufgaben nachgegangen – ertönt wieder dieser Ton. Yvonne liest und schreibt einen längeren Text. Und so geht es den ganzen Tag, jeden Tag. Mal telefoniert sie damit, viel schreibt sie, sie wird erinnert, sie teilt mit, sie nimmt Anteil am Kummer einer Freundin (dann schreibt sie etwas mehr), sie muss natürlich auch die Werbung zur Kenntnis nehmen und die Kurzinfos der Sportgruppe. Beim Volleyball gibt es doch tatsächlich Leute, die sich aufregen, wenn sie während des Spiels kurz an den Spielfeldrand muss und nachsieht, wer sich gerade gemeldet hat. Natürlich klingelt dieses kleine Ding auch während des Gottesdienstes, dann muss sie mal kurz hinaus gehen. (Eigentlich könnte der Prediger mal kurz warten, ich möchte ja auch hören, was er zu sagen hat. Ich bin ja gleich wieder da!)

Am Nachmittag stehen auf dem Parkplatz am Waldrand Lydia und Yvonne. Sie treffen sich zu einem Bummel im Wald. Lydia fragt: „Yvonne, hast du mal die Telefonnummer von Michaela? Sie ist noch nicht da." Was für eine Frage, natürlich. Schnell wird sie angefragt – sie kommt gleich (Natürlich hat sie auch so ein Ding – musste sie auch noch ein paar Infos verarbeiten und konnte deshalb noch nicht da sein, obwohl es schon 20 min nach der vereinbarten Zeit ist?). Dann kommt Michaela, kurzes Begrüßungsdrücken und los geht es in den Wald. Ständig ertönt es „Ring-ring" und „Tra-ri-ra". Die beiden Smartphone-Frauen laufen ein wenig gebückt: Ständig auf ihr Smartphone sehend. Bald stolpert die eine, bald die andere. „Der Weg ist aber anstrengend! Konntest du nicht einen anderen Weg aussuchen?" Lydia überhört diese Äußerung, war sie ihr doch gar nicht so unlieb, weil es mal etwas anderes war als „Ring-ring" und „Tra-ri-ra". Lydia, ja sie hat es nicht leicht, denn sie gehört nicht zu ihrer WhatsApp-Gruppe. Sie hat noch so ein vorsintflutliches Handy mit Tasten. Sie hört hier nur Yvonnes „Ring-ring" oder Michaelas „Tra-ri-ra". Ihre Melodie würde auch völlig untergehen, sie nahm ihr eigenes Handy gar nicht erst mit. Die beiden Frauen schicken sich die neuesten Bilder. Dann erzählen sie, was die und der geschrieben haben. Und dazwischen ertönt natürlich immer wieder mal „Ring-ring" oder „Tra-ri-ra". Da bleibt Lydia nur eins übrig: Sie entdeckt die Töne des Waldes: Das Rauschen der Bäume, das Singen der Vögel und das Summen der Insekten. Manchmal sieht sie auch etwas: Einen Buntspecht beim Wegfliegen, ein Tagpfauenauge auf einer Blüte (das ist ein Schmetterling – für alle Smartphonebenutzer, falls sie so ein Tier noch nicht im Internet gesehen haben), ja – und da: Auf einer Wiese steht ein Reh. Sie mahnt die anderen an: „Guckt mal, da." Die Frauen: „Häh?" „Was ist denn?" Als sie ihre Köpfe heben springt das Reh in den Wald. „Was war denn los?" „Auf der Wiese stand ein Reh. Das sah richtig schön aus." „Das hättest du uns ruhig mal zeigen können. Dann hätte ich ein Foto gemacht." Lydia: „Ihr wart so in euer Ding vertieft, dass ihr es gar nicht gesehen habt." – Irgendwann geht auch der schönste Waldspaziergang zu Ende. Sie verabschieden sich. Yvonne sagt: „Das war wieder schön, die reine Luft im Wald." Und Michaela: „Endlich habe wir wieder mal etwas gemeinsam gemacht!" Lydia nickt nur – und dann fahren alle aus einander.

Zu Hause sitzt eine ganz nachdenklich auf der Couch: Lydia. Sie denkt: Ist das die heutige Welt? Da geht man zu dritt spazieren, alle freuen sich darauf, aber man spricht so gut wie nicht zusammen. Man schreibt sich mit der ganzen Welt, nur mit dem Menschen neben sich hat man kaum Kontakt. Man geht an der Schönheit der Natur einfach so vorbei. Man fällt fast über Wurzeln, weil man auf so einen flachen technischen Gegenstand starren muss. Man beschäftigt sich mit der toten Technik und nimmt das Leben um sich herum gar nicht wahr. Man stört die anderen, weil man sich aus der Gemeinschaft ständig ausklinkt. Die Ehe ist in Gefahr, die Kinder werden vernachlässigt, die Katze stirbt (fast) – aber man hat ein Smartphone. Hat so ein Gerät nicht eigentlich auch die Funktion „Ausschalten"? Beherrsche ich es oder lasse ich mich beherrschen? Was ist mir im Leben wichtig?

Zum Nachdenken: Was ist wichtiger: Ein Smartphone oder Freunde? Wie kann ich meinen Alltag so einrichten, dass mir das Smartphone hilft aber auch die Menschen neben mir nicht vernachlässigt werden?

Ein Hallo in der Wüste

„Knatteratack" – das waren die letzten Laute des Motors. Alle Startversuche misslingen. Es ist irgendetwas kaputt. Er versucht den Motor wieder zu starten. Der letzte Startversuch, der Anlasser läuft kaum noch. Nun gibt auch die Batterie keinen Strom mehr. Sein Jeep ging kaputt. Was aber viel schlimmer wirkt, ist die Umgebung: Keine Hauptverkehrsstraße, kein Waldweg, keine Menschenseele, keine Häuser, keine Bäume oder irgendwelche Sträucher, kein Handynetz, sondern nur Sand, Sand, Sand. Er war auf der Überfahrt von Tin Foye nach Bordi-Moktar in Algerien. Aber hier jenseits aller Zivilisation bedeutet eine Autopanne das Ende: Heiß - das Thermometer im Auto funktioniert noch und zeigt 48 ° C unterm Autodach an, Hunger - das sagt ihm sein Magen, Durst - Wasser hat er nicht mitgenommen. Sein Mund ist trocken, er hat seit zwei Tagen nichts getrunken. Jetzt merkt er, dass das totaler Blödsinn war, völlig erschöpft - seine Kraft wird immer weniger, und so ein Gefühl von Fieber; ihm wird heiß und kalt zugleich. Was soll er tun? Wie geht es weiter? Nicht einmal Schatten gibt es, denn die Sonne scheint knallhart von oben. Sich unter das Auto legen – aber auch das erscheint ihm sinnlos, denn der Wüstensand ist auch unter seinem kaputten Gefährt aufgeheizt worden.

Er ruft um Hilfe: „Hallo! – Hallo!" Er schleppt sich ein Stück und ruft wieder: „Hallo! - Hilfe! – Ist hier denn niemand?" Es scheint alles keinen Sinn zu machen. Keine Fahrzeugspur, keine Menschen- oder Tierspur, kein Leben in der Gluthitze, nichts als Sand, der aber weder seinen Hunger noch seinen Durst stillen kann. „Hilfe! – Hilfe!" Nicht einmal ein Echo gibt es hier. Wohin er sich auch schleppt, ihm wird nicht wohler. So geht es eine Weile, wie lange weiß er nicht mehr. Aber irgendwann sackt er zu Boden - zu Ende! Schluss! Aus! Feierabend! -

Er wacht auf. „Ist das kalt!" denkt er. Eine Decke hat er nicht. Er hat zwar im Auto noch Decken, aber das sieht er nicht. Wahrscheinlich ist er zu weit vom Jeep entfernt. Und auch dunkel ist es geworden. Es scheint Nacht zu sein. - Sieht er dort ein Tier? Im Schein der Sterne? Vielleicht einen Wüstenfuchs? Er kann diese Frage nicht beantworten, weiß er zu genau, dass es in der Wüste auch Trugbilder und in seiner Situationen auch Wunschbilder gibt. Er hat keine Kraft mehr. Er versucht mehr zu erkennen – und schläft irgendwie wieder ein – oder wird er ohnmächtig? ---

Was ist denn das? Seine Lippen spüren Feuchtigkeit. Woher kommt die Feuchtigkeit? Regnet es? Das kann nicht sein, denn nur seine Lippen sind feucht. Was ist denn überhaupt so feucht? Es schmeckt nicht widerlich. Er nimmt mehr davon. Er trinkt. Er macht die Augen auf: Huch, direkt neben einem Kamel liegt er. Aber dann sieht er einen Beduinen, der ihn gefunden hat und ihm aus seinem Wassersack neues Leben reicht - Wasser des Lebens. Die Hoffnung erstarkt in ihm: Es könnte weiter gehen. Und so trinkt er und gewinnt neue Kraft. Er versteht den Beduinen nicht und der Wüstenbewohner versteht ihn nicht. Wie hat ihn der Mann gefunden? Er weiß auf diese Frage keine Antwort. Aber er hat einen Menschen an seiner Seite. Als es ihm besser geht, steht er auf. Gemeinsam gehen sie – wohin? Aber das interessiert noch nicht. Er denkt: Das Wichtigste ist immer ein Mensch an seiner Seite.

Zum Nachdenken: Kenne ich Menschen, denen ich helfen müsste? Woran erkennt man solche Menschen?

Peinlich, peinlich

Wieder mal wurde von mir eine Beerdigung gehalten. So viele hatte ich bisher noch nicht. Die Gruppe der Trauernden war überschaubar. In der Trauerhalle hörten sie meine Ansprache, jetzt standen wir am Grab: Vor mir standen die Angehörigen, hinten stand die Gemeinde. Ich las meine Bibeltexte, Sätze aus dem 1 Korintherbrief über die Auferstehung, denn der Verstorbene war ein gläubiger Mensch gewesen, und Sätze aus der Offenbarung über die Neue Erde, auf die wir alle warten. Schließlich war das Vaterunser an der Reihe, wie es zu fast jeder Beerdigung üblich war. Ich begann: „Unser Vater im Himmel. Dein Name werde geheiligt, dein Reich komme, dein Wille geschehe im Himmel und auf Erden. Unser tägliches Brot gib uns heute." Wie ging es weiter? Ich wiederholte für mich: unser tägliches Brot gib uns heute. Ich konnte es, habe es unzählig oft im Leben gebetet – aber jetzt war der Faden weg. Eine Pause entstand, zugleich eine Ruhe. Wie ging es doch weiter? Keiner half mir: Vor mir die Angehörigen: Sie konnten es kaum. Hinten die Gemeinde: Sie verstand ich nicht, sie beteten zu leise. Was jetzt? Es fiel mir nicht ein. Ich hätte am liebsten mit ins Grab springen können – es hätte die Lage nicht verbessert. Der Text war weg. So blieb mir nur noch „Amen" zu sagen. Die Situation war vorüber und die Blamage groß: Das will ein Pfarrer sein, kennt er nicht mal das Vaterunser. Er lässt es womöglich noch die Kinder auswendig lernen und selbst ist er ein totaler Versager. Ja, so kam ich mir hier auch vor. Es war so passiert. (Ich habe daraus gelernt: Ich lese grundsätzlich alle ritualen Texte ab. Lieber abgelesen als stecken geblieben, sage ich mir.)

Die zweite Begebenheit ist aber noch schlimmer. Ging es bei der Beerdigung um einen Gebetstext, ging es jetzt um mehr:
Wir, mein Kollege und ich, waren mit sechs Pfadfindern zwischen 12 und 15 Jahren auf großer Wanderschaft. Wir ließen uns mitten in der Böhmischen Schweiz aussetzen und

wanderten los. Im Regenwetter war das zwar nicht so toll, aber nach einigem Wandern kamen wir schließlich in einen Ort, in dem wir in der Wartehalle des Bahnhaltepunktes übernachteten. Leider konnten wir kein Tschechisch, um irgendwo ein Quartier zu besorgen. Wir wollten das ungeplante Abenteuer und die sechs Pfadfinder auch. – Am nächsten Tag ging es weiter: Es regnete zunächst noch; wir liefen durch hohes Gras. Nach einer Stunde sahen wir Bilder, die uns bekannt vorkamen: Die Ortsansicht, die Bäume am Waldrand, die Hügellandschaft. Wir stellten nüchtern fest: Wir liefen eine Stunde im Kreis, na toll! Wir wählten jetzt einen besseren Weg: Entlang der Gleise liefen wir zielsicher. Vor einem heranbrausenden und hupenden Triebwagen sprangen wir zur Seite und gingen weiter, bis ein Waldweg die Gleise kreuzte. Jetzt waren wir erlöst, denn jetzt hatte uns der Wald – und der Regen weiterhin. Wir liefen den Waldweg, ich weiß nicht mehr wie lange. Schließlich kamen wir zu einer kleinen Wiese. Da sich unsere kleine Gruppe sehr weit ausgedehnt hatte, hielten wir an. Wir waren jetzt zu viert: Zwei Pfadfinder, mein Kollege und ich. Wir warteten auf die anderen. Wir warteten ziemlich lange, aber die anderen kamen nicht. Was jetzt? Wir mussten sie suchen. Ein Pfadfinder und ich blieben an der Wiese (und sahen, wie allmählich die Sonne die Wolken durchbrach), der andere Betreuer und ein Pfadfinder gingen suchen. Schließlich kamen sie zu dritt wieder; sie hatten einen weiteren Pfadfinder gefunden. Noch fehlten drei. Jetzt gingen wir beide los, in der Hoffnung, die anderen zu finden. Wir durchkämmten den ganzen rückwärtigen Wald. Wir gingen weit zurück, bis zur Bahnlinie. Dann fanden wir einen Pfadfinder. Darüber waren wir froh. Aber wo waren die restlichen beiden? Wir konnten sie einfach nicht entdecken. Schließlich gingen wir zu dritt zurück zu den anderen. Der Frust über die eigentlich misslungene Suche – wir wollten ja wieder komplett sein – war größer als die Freude über die beiden, die jetzt auch bei uns waren. Was sollten wir machen: Mitten im Wald, nasse Wäsche vom Regen der beiden Tage, mit unzureichendem Suchergebnis, jenseits aller Menschen und Quartiere. Was war dran? Wir beteten und schütteten unsere Niedergeschlagenheit unserem Gott aus. Wir bekamen keinen wegweisenden Gedanken. Uns blieb nur übrig, die beiden in Gottes Schutz zu geben, zu hoffen, dass sie sich durchschlugen (einer war aus meiner Ortsgruppe und ich wusste, dass er es kann) und ihnen nichts passierte und selbst weiter die nächsten Tage in der Natur so gut wie möglich zu verbringen. Es fiel uns nicht immer leicht, auch wenn wir versuchten, das Beste aus der Situation zu machen. - Ich habe als Pfadfinder viel erlebt, aber dieser Tag war der schwärzeste in meinem ganzen Pfadfinderleben: von sechs Kindern zwei verloren. Ich konnte mir gar nicht ausmalen, was mit mir passieren könnte, wenn die beiden nicht wieder auftauchten. Vielleicht war es gut so.

Wie ging die Situation aus? Nach sechs Tagen kamen wir wieder in der Zivilisation bei einem Kollegen an. Er meinte, wir hätten doch ein Handy dabei gehabt. Aber das stimmte nicht; zum Survival gehört nun mal kein Handy. Wir erfuhren: Die beiden waren wieder zurück marschiert zu unserem Haltepunkt. Unterwegs sammelten sie etwas Holz, um sich ein wärmendes Feuer zu machen. Beinahe wären sie von einer Kreuzotter im Holz gebissen worden. Auf dem Haltepunkt machten sie Feuer, zogen eine Wäscheleine und trockneten ihre feuchte Wäsche, denn auch sie hatten den Regen überstanden. Ich möchte wissen, was die Leute dachten, die mit dem Zug abfuhren oder ankamen. Schließlich stiegen sie in den Zug und kamen zurück nach Deutschland. Weil sie wieder Hunger bekamen, kochten sie auf dem Bahnsteig Nudeln, diesmal auf einem Trockenspirituskocher. Dann fuhren sie beide nach Hause.

Wir waren froh, dass sie lebten und unbeschadet zu Hause ankamen. Jeder kann sich vorstellen, dass wir Gott für seine Bewahrung und Führung dankbar waren. Und trotzdem werde ich diese Freizeit wohl nie vergessen.

<u>Zum Nachdenken:</u> Welche peinlichen Situationen habe ich erlebt? Was hilft in solchen Momenten? Wie kann man sie vermeiden?

Lesen gelingt nicht

Der Zug hält, ich steige ein und suche einen Sitzplatz. Es fahren sehr viele Leute mit diesem Zug. Schließlich gelingt es mir, in einem Abteil einen Platz zu finden. Ich verstaue mein Gepäck und hole meine Beschäftigung für die längere Fahrt heraus: Ein Buch. Ich beginne zu lesen, schaue aber bald wieder auf, um mir anzusehen, mit wem ich die Reise teile. Mir gegenüber sitzt eine junge Frau. Auch sie liest. Die anderen? Sie lesen, schlafen, schauen zum Fenster hinaus oder sind in sich vertieft. Ich schaue mir wieder die junge Frau an: Sie sieht gut aus; sie gefällt mir. Irgendwie hat sie eine interessante Ausstrahlung. Das zieht mich an. Ich versuche weiter zu lesen und komme auch ein Stück, aber dann wandert mein Blick wieder zu ihr: Wie hat sie sich gekleidet? Attraktiv. Ich lese weiter. Ich unterbreche und schaue nach gegenüber. Jetzt sieht sie auch von ihrem Buch auf und schaut mich an. Ich suche sofort die Stelle, wo ich mein Lesen unterbrach, und lese weiter. Weit komme ich nicht - und schaue sie wieder an. Sie ist mir interessant. Sie schaut mich wieder an. Sehe ich da ein Lächeln auf ihrem Gesicht? Ich sehe wieder in mein Buch. Die junge Frau ist mir interessanter als mein Lesestoff, also blicke ich wieder zu ihr. Sie scheint es zu genießen. Was empfindet sie? Dann wieder ihr Blick – ich weiche wieder aus. Ich wage wieder einen Blick. Sie sieht zurück – und ich in mein Buch. Sie atmet stärker. Was bedeutet das? So geht es eine Weile. Soll ich sie einfach ansprechen? Ich weiß nicht. Aber das Spiel geht weiter. Auch sie scheint mich anzusehen, das spüre ich. Sie hat etwas mich Anziehendes an sich. Ihr Blick ist nicht ungeduldig, nicht verschlossen als wolle sie sagen: Lass mich in Ruhe!, nein, sie macht einen offenen Eindruck. Anscheinend kommt sie genau wie ich auch nicht so richtig mit Lesen voran. Soll ich sie einfach so mal fragen, einfach so einen Small-Talk mit ihr beginnen? Es kämpft in mir. Ich – unterhalte mich mit einer gut aussehenden jungen Frau, habe ihr gegenüber Gefühle der Sympathie und zu Hause sitzt meine junge, gut aussehende Ehefrau. Geht das überhaupt? Das Aussehen ist doch nicht alles, denke ich.

Aber es gehört nun mal zu einer Frau dazu. Gegen einen Small-Talk ist doch nichts einzuwenden. Sie blickt mich an – ich sie. Ich blicke sie an – sie mich. Ich spreche nicht, sie auch nicht. Soll sie doch mich ansprechen, aber das macht sie nicht. Und ich scheine dazu zu feige zu sein.

Schließlich steht sie auf. Sie schlendert zum Abteil hinaus und geht Richtung Speisewagen. Sollte ich ihr folgen und sie zum Tee einladen? Dann könnten wir mit einander etwas plaudern. Ich bleibe sitzen. Ich leide unter meiner Schüchternheit. Warum sprachst du sie nicht an? Was ist dabei? Natürlich darf ich mich mit allen Leuten unterhalten, auch mit attraktiven Frauen. Aber mein Gefühl belastet mich – oder genieße ich es? Sollte ich aufstehen und sie suchen? Wie sieht das aus? Finde ich für diese selbst verursachte Situation die richtigen Worte? Ich versuche mich wieder in mein Buch zu vertiefen. Da taucht sie wieder auf, kommt herein, sieht mich an und setzt sich. Nach Zigarette riecht sie nicht, also war sie nicht rauchen. Das ist mir sympathisch. Auf Toilette war sie sicherlich auch nicht, da schlendert man nicht so hin. Wo war sie? Sie sieht aber wirklich gut aus! So geht dieser Kampf weiter: Ich sehe sie an, sie mich, sie atmet angestrengter. Sie sieht mich an, ich sie. Allmählich kommt mir das Spiel lächerlich vor; es müsste etwas passieren, man müsste weiter gehen. Warum reden wir nicht? Sie tut es nicht; ich auch nicht. Mir gelingt es nicht, über meinen eigenen Schatten zu springen. Zu meinem Gefühl des von ihr Angezogenseins kommt das Gefühl des Ärgers über meine Dummheit. Da steckt eigentlich Energie drin, aber ich beherrsche mich. Und sie? Wie geht es ihr?

Wir kommen einem Bahnhof näher. Da steht sie auf, zieht sich ihren Mantel an, nimmt ihr Gepäck und geht. Es ist zu Ende. Wie eine Seifenblase platzt die Situation und meine innere Spannung. Meine Gedanken hängen ihr noch nach. Sie sah echt gut aus. Ich bedaure, mich nicht mit ihr unterhalten zu haben. Jetzt allerdings ist die Möglichkeit vorbei. Versagt – oder bewahrt? Der Zug rollt an, es geht weiter.

Zum Nachdenken: Sind solche Situationen ein Spiel mit dem Feuer, eine Vorstufe zur Untreue, zur Ehekrise? Was sollte man beachten, damit alles gut geht?

Zwei Euro sind weg

Sie ist 73. Sie bekommt nur die Mindestrente. Am Ende des Monats hat sie kaum etwas übrig. Das ist nicht viel, aber da sie sehr genügsam lebt, ist sie zufrieden.

Heute ist Mittwoch, der 29. August. Sie möchte ihr Kostüm in die Reinigung bringen. Das wird höchste Zeit, dann bekommt sie es am Freitag wieder, denn am Sonnabend ist sie zum Schulanfang ihres zweiten Enkels eingeladen. Da möchte sie ordentlich gehen. Sie hat sich genau überlegt, wieviel sie für die Reinigung braucht, denn dort muss man immer vorher bezahlen. Sie weiß es genau: 9,50 Euro kostet die Reinigung, 10,37 Euro hat sie noch im Portemonnaie, Essen hat sie genug im Kühlschrank und die neue Rente kommt am Montag. Aber zur Sicherheit zählt sie das Geld nochmal nach, was sie im Portemonnaie hat. Sie öffnet es, muss sich aber plötzlich festhalten. Ihr wurde für einen kurzen Moment schwindlig. Leider ist dabei die Geldbörse auf den Boden gefallen und Geld herausgerollt. So ein Pech, denkt sie.

Sie holt sich einen Stuhl, nein, nicht zum Sitzen, sondern zum Festhalten, denn sie muss sich auf ihren Teppichboden knien. Sie sieht die herausgefallenen Geldstücke und sammelt sie in die Geldbörse, bis keins mehr auf dem Fußboden liegt. Jetzt zählt sie nach: 8,37 Euro. Da fehlt ein 2-Euro-Stück. Wo liegt es nur? Sie schaut wo sie kann, aber sie sieht es nicht. Was soll sie machen? Einfach liegen lassen? Dann reicht das Geld für die Reinigung nicht. Bei der Nachbarin eins borgen, nur bis Montag? Das widerstrebt ihr. Aber aufstehen, wieder hinknien und wieder aufstehen fällt ihr sehr schwer. Schon wenn sie daran denkt, hat sie kein gutes Gefühl. Gibt es eine Alternative?

Es bleibt ihr nichts übrig, als den Besen zu holen. Sie angelt unter dem Sofa. Was ist denn das? Ach hier liegt der Brief von ihrem Sohn. Sie konnte sich nicht vorstellen, wo er geblieben war. Dass er unters Sofa rutschte – darauf kam sie überhaupt nicht. O. k., schöner Nebeneffekt, aber die Münze – wo ist sie nur? Sie angelt weiter unter dem Sofa. Irgendwo muss sie doch sein. Jetzt glänzt etwas. Der Schimmer könnte vom gesuchten

Stück kommen. Beim näheren Betrachten sieht sie aber: Es ist ein Einkaufschip, mit dem wahrscheinlich ihre Enkelin gespielt hatte. Schade. Sie angelte weiter. Da sie ihre Wohnung eigentlich in Ordnung hat, kamen auch keine weiteren Gegenstände hervor, nur etwas Staub. Wo liegt nur das 2-Euro-Stück? Mit Mühe quält sie sich hoch und schafft den Besen an seinen Platz. Die Knie schmerzen.

Sie ist am Verzweifeln: Am Ende sucht sie den ganzen Tag dieses blöde Geldstück, die Geschäfte schließen, ihr Kostüm riecht nach Mensch weil ihr das Geld für die Reinigung fehlt. Zum Schulanfang geht sie, aber Parfüm und Deo braucht sie so stark, dass es nicht mehr schön ist. Ihr 3jähriger Enkel fragt die Mutti: Warum muffelt heute die Oma so stark? Sie gibt sich gleich selbst die Antwort: Weil mein Kostüm eine Reinigung gebraucht hätte. Und sie schämt sich. Nicht auszudenken! Es kommt ihr vor wie ein Horrorszenario. Was soll sie machen?

Da sie eine gläubige Frau ist, tut sie jetzt etwas, was sie hätte schon längst tun sollen: Sie betet: „Großer Gott. Du siehst meinen Kummer. Ich brauche dieses Geldstück. Ich finde es aber nicht. In der Bibel lese ich, wie eine Frau ihr Geldstück gefunden hat. Lass mich doch meins auch wieder finden. Ich danke dir dafür. Amen."

Sie öffnet die Augen vom Gebet, sieht auf den Boden – ja, was sieht sie denn da? An der Schrankwand, es wäre fast in der unteren Ritze verschwunden, liegt ihr gesuchtes Geldstück! Sie muss es beim Suchen unter dem Sofa hintergeschoben haben. Schnell holt sie sich wieder einen Stuhl, lässt sich auf den Fußboden herab und holt vorsichtig das Geldstück aus dem Ritz hervor. Endlich! Sie freut sich fast wie ein Kind! Auch wenn die Knie noch mehr schmerzen – sie hat ihr Geldstück gefunden. Sie singt ein frohes Lied, es kommt ihr so aus der Seele. Sie muss zur Nachbarin gehen und erzählt ihr von ihrem Erlebnis. „Da können Sie sich ja freuen" sagt die Nachbarin. Das tut sie auch. Und der Schulanfang ist gerettet.

Zum Nachdenken: Wann habe ich das letzte Mal etwas gesucht? Wie erging es mir? Warum beten wir meistens erst dann, wenn die Lage ganz verzweifelt ist?

Moderne Ernte

Vor mir erstreckt sich ein großes Feld: Ich sehe Traktoren mit zwei Hängern, Lkw's mit einem Hänger und Mähdrescher. Ich bin von den Mähdreschern fasziniert: sie mähen zu gleich 8 m oder mehr in die Breite, Getreide, hier ist es Weizen. Sie ziehen ihre Bahnen, langsam und gleichmäßig. Einer bleibt stehen, man sieht seine gelbe Rundumleuchte blinken. Ich verstehe: Da muss etwas passieren. Ein Traktorist fährt mit seinen zwei Hängern los. Er fährt neben den Mähdrescher und schon beginnt das Getreide aus dem seitlichen Rohr der Dreschmaschine in den Hänger zu fließen. Wenn alle Körner verladen sind, erlischt die Rundumleuchte und der Mähvorgang kann fortgesetzt werden. Manche Traktoren kommen mit leeren Hängern auf das Feld, andere fahren mit gefüllten Hängern auf die Straße zum Silo. Weh dem, der hinter ihnen fahren muss: Da ist ein großer Zeitverlust in Kauf zu nehmen: Fendt ist eben Fendt und kein Ferrari, auch wenn es ziemlich schnelle Fendt-Traktoren gibt.

Während ich am Feld stehe, zieht hinter mir eine Erntekolonne vorbei. Meine Gedanken gehen in meine Kindheit: Da waren es 4 bis 6 blau-weiße Fortschritt-Mähdrescher plus einem W-50-Werkstattwagen. Der ist heute weggefallen. Aber die Kolonnen sind geblieben, allerdings meistens in grün oder gelb. Plötzlich sehe ich, wie ein Mähdrescher abrupt stoppt. Was ist los? Der Fahrer springt vom Fahrzeug und eilt vor seinen Mähbalken. Er bückt sich und hebt etwas auf. Einen Schatz? Vielleicht kann man es so bezeichnen: Es ist ein Rehkitz. Das kleine Tier hat Glück gehabt, oft werden sie zu spät erkannt und müssen sterben. Dieses wurde gerettet. Ich bin darüber froh.

Der Tag vergeht, die Dämmerung zieht herauf. Ich genieße die Erntearbeiten, höre die Motoren summen und atme den Duft von trockenem Getreide und Stroh. Traktoren, Lkw's und Mähdrescher schalten ihre Lampen ein. Jetzt kommt zur Erntearbeit noch ein Lichteffekt dazu: weiße, rote und gelbe Leuchten, dazu das monotone Motorengeräusch. Ich genieße die Ernte des Weizens. -

Gerade jetzt wird es mir erneut bewusst, dass Gott zum Sähen, Wachsen und Ernten seinen Segen geben muss: Wenn alles verregnet, wird nur noch der Pflug gebraucht; dann gibt es keine Ernte. Wenn aber nur die Sonne herunter brennt, gibt es eine magere Ernte. Dann bleibt alles sehr klein. Ist das Frühjahr zu nass, kann das Getreide verfaulen. Ist es zu trocken, kann es nicht wachsen. Und dann gibt es die Partyleute, die Sonne brauchen, wenn der Landmann Regen braucht. Keine moderne Wetterbeeinflussung bekommt das Idealwetter hin. So sind wir nach wie vor von Gottes Segen abhängig. Und wieder gilt der Satz aus der Bibel: Solange die Erde steht, soll nicht aufhören Saat und Ernte, Frost und Hitze, Sommer und Winter, Tag und Nacht.

Zum Nachdenken: Was empfinde ich bei solchen Erntebildern? Welche Vorteile, welche Nachteile haben sie? Welche Folgen hat für mich das herbstliche Erntegeschehen?

Stichworte: Gesetz befolgen, Freude, Gefühl, Menschsein

Gesetz oder Gefühl – der Laptop

Eine Frau sitzt vor einem Laptop. Sie möchte, dass sie Freude mit dem Gerät hat und natürlich: dass sie im Internet einen Film ansehen kann; sie hat schließlich Feierabend. Sie klappt ihn auf. Sie sagt: „Ich würde mich freuen, wenn du jetzt starten würdest. Sei bitte so freundlich." Sie wartet. Es passiert nichts. „Vielleicht muss ich hier drücken?" Sie drückt den Knopf mit dem kleinen runden Punkt. Jetzt kann sie verschiedene Schriftzeichen und Symbole auf dem Bildschirm sehen. Sie freut sich, denn es wirkt wie ein Film, auch wenn es keine so richtige Handlung ergibt. Es scheint aber ein kurzer Film zu sein, denn nach ein paar Minuten bewegt sich nicht mal mehr der kleine Kreis in der Mitte. Sie: „Kannst du mir den kleinen Film bitte noch mal zeigen?" Keine Antwort. „Ich habe gehört, du hast ein Mikrofon. Also verstehst du mich auch. Ich würde gern den Anfangsfilm noch einmal sehen. Wäre das möglich?" Keine Antwort. „Na gut, dann geht es jetzt nicht." Sie sieht sich die Tasten an, sucht in den Symbolen, öffnet das eine oder andere Feld. Irgendwann entdeckt sie den Internet-Explorer. Ja! Ins Internet will sie ja! Sie klickt ihn an. Jetzt tut sich wieder etwas Entscheidendes auf dem Bildschirm. Sie sieht ein Bild mit vielen kleinen Bildern und dazu das Wort „YouTube". „Deine Tube - den Film kenne ich noch nicht. Mal sehen, wie er ist." Sie wartet, das Bild verändert sich nicht. Zunächst war noch oben rechts ein kleiner Film, aber der ist jetzt auch schon vorbei. Was jetzt? Sie streichelt ihren Laptop, sie redet gut zu, sie macht Versprechungen an ihren Laptop – es hilft alles nichts: Kein Film beginnt. Sollte sie ihm etwas zu essen bringen – oder etwas zu trinken? Aber dann tut sie es doch nicht. Wie geht es weiter? Was braucht er? So zwischendurch kam Freude auf, wenn sie das Richtige gemacht hatte, was scheinbar ihrem Erfolgserlebnis näher kam. Aber jetzt geht nichts mehr: Das Bild steht. Sie gibt sich noch so große Mühe – der Laptop reagiert einfach nicht auf ihre Sympathieerweisungen.

Was macht sie falsch?

Beim Computer muss man klar die Anweisungen befolgen, Schritt für Schritt. Je besser man sie kennt und tut, umso größer ist der Erfolg.

Diese kleine Geschichte ist natürlich übertrieben; kaum jemand geht so mit einem Laptop um. Das Leben ist kein Computer, auch wenn vieles versucht wird. Und doch ziehen Roboter immer mehr in unser Leben ein. In einer P.M.–Zeitschrift stand ein Artikel: Kann ein Roboter lieben? Kann man mit einem Roboter kuscheln? Mensch und Maschine sind nicht einfach austauschbar – oder doch?

Fragen zum Nachdenken: Warum haben Computer keine Gefühle? Wie kann man den anderen Menschen zum Computer machen? Was macht Menschsein aus?

Das Bild des Winters

Das Bild des Winters – wie sieht es aus?
Alles ist schön zugedeckt: die kahlen Zweige, der Schmutz am Weg, das Laub vom letzten Herbst, die letzten Spuren des Laufens, die Knospen voller Kraft, das Schöne und das Schlechte.
Alles ist weiß: Die Sonne lässt glitzern, alles glänzt rein und unantastbar, Kristalle zeigen unendlich viele Formen, alles ist verhüllt und zugedeckt.
Unter dem Kalten wartet das Warme.
Unter dem Leblosen liegt das Leben.
Unter der Ruhe wächst die neue Kraft.
Winter – eigentlich eine schöne Zeit.

Das Bild des Winters – was will es uns sagen?
Decken wir zu? Die Schuld des Nachbarn, die eigenen Ansprüche, die nicht erreichten Ziele und die neuen Wege, das wertlose Rennen um Gewinn?
Fühlen wir uns geborgen? In der Wärme des Wohnzimmers, in der Nähe des Freundes, beim Kerzenlicht zum Feierabend, einfach Angenommensein ohne etwas leisten zu müssen, Jesus gegenüber?
Wärme trotz Kälte
Leben trotz Leblosem

Kraft in der Ruhe.

Winter – eigentlich eine vorbereitende Zeit.

erhellen, Weg zeigen, dem anderen Orientierung geben

Licht wollen und nicht wollen

Ich habe ein Buch ausgeliehen. Heute möchte ich darin lesen; es interessiert mich sehr. Aber da sind die blöden Hausaufgaben und noch das Lernen für eine Arbeit. Nichts wird es mit Lesen! Es verdrießt mich gewaltig! Immer diese blöde Schule. Nicht mal ein ausgeliehenes Buch kann man lesen. Man muss ja nicht auf einmal alles durchlesen, aber wenigstens mal ein Stück. Es ärgert mich.

Plötzlich kommt mir eine Idee: Du hast doch eine Taschenlampe. Lampe und Buch werden umgehend ins Schlafzimmer gebracht und so unter die Matratze versteckt, dass sie niemand entdecken kann. Am Abend dann, wenn wir – mein Bruder und ich – ins Bett müssen, dann schlägt deine Stunde, denke ich. Und so kommt es: Tschüss, gute Nacht, bis morgen, träum etwas Schönes – und zu ist die Tür. Da wir beide im Doppelstockbett schlafen, kann mein Bruder nicht sehen, was ich unten treibe, es sei denn, er sieht herunter. Dazu möchte ich ihm aber keinen Grund liefern. Ich nehme vorsichtig mein Buch und die Lampe hervor und stecke sie unter die Bettdecke. Jetzt muss ich mich so legen, dass rings herum alles dicht ist. Denn es wäre fatal, wenn irgendwo ein kleiner Lichtstrahl in die Dunkelheit dringen könnte. Nachdem ich mich mehrmals versicherte, dass wirklich alles dicht ist, beginnt das Abenteuer: Licht an – Buch auf und endlich kann ich lesen. Ich lese und lese, eine halbe Stunde vergeht. Es ist wahnsinnig warm unter der Bettdecke, aber ich lese. Vielleicht vergeht eine Stunde, vielleicht auch mehr. Jetzt heißt es, leise Schluss zu machen, denn morgen ist ja auch wieder ein Tag. Auch wenn ich am nächsten Morgen müde bin, denke ich gern an die abendliche Lesezeit. Natürlich habe ich das wiederholt – bis das Buch zu Ende war. ---

Ganz anders war es, wenn ich krank war. Da schlief ich nicht im Etagenbett sondern auf der Couch im Spielzimmer. Hier war ich allein, hier habe ich mit meinem Schnupfen und Husten nicht die anderen gestört. Und wenn der Körper so richtig Husten, Schnupfen, Fieber, Gliederschmerzen, Appetitlosigkeit und vieles mehr Unerwünschte entwickelt, schläft man zu jeder Zeit und Unzeit. Dafür geht es in der Nacht nicht besonders gut. Die Wachzeiten waren die langweiligsten Zeiten, die ich kenne. Zum Glück hatte ich hier meine Taschenlampe als Seelentröster dabei. Sie wurde an einen Bindfaden angebunden (ich weiß nicht, woher ich ihn hatte, aber so etwas hat ein Junge meistens irgendwo). Den Strick mit der Lampe hielt ich hoch und drehte die Lampe um die eigene Bindfaden-Achse. Natürlich leuchtete sie. Wenn die Faden-Spannung für gut befunden wurde, ließ ich die Lampe los. Jetzt raste das Licht durch den Raum. Allmählich wurden die Drehbewegungen langsamer, dann begann alles wie von neuem, allerdings in die andere Richtung. Einen kranken Jungen hatte so ein Phänomen fasziniert. Irgendwann wurde ich müde und schlief wieder ein. Aus diesen Krankheitstagen habe ich bis heute etwas mitgenommen: Eine kleine stimmungsvolle Lampe dient auch heute als Seelentröster, wenn mich Krankheit aus meinem gewohnten Bett jagt. Dann hilft so ein Licht irgendwie weiter. Und ich denke an meine Bibel, an ein Wort unseres Heilandes: Ihr seid das Licht der Welt. Das heißt, andere profitieren von uns. Licht lässt leichter gelingen. Es ist für uns da, aber wir sind auch für andere da. Vielleicht gelingt es irgendwie, dass anderen durch uns geholfen wird.

Zum Nachdenken: Wie wurde mir in letzter Zeit geholfen? Wie konnte ich anderen in letzter Zeit helfen?

Mit 55 schon zu alt?

Geburtstag. Das Telefon klingelt. Frohe Glückwünsche. Die Kinder rufen an. Bekannte und Freunde melden sich. Manche schrieben, manche haben meinen Tag auch vergessen. Nach dem Mittagessen bleibt es eine Weile ruhig. Meine Gedanken beginnen eine Zeitreise:

Bin ich zu alt? Ist es vielleicht die Halbzeit in meinem Leben? Bei dieser Frage lacht so mancher. Vieles geht noch. Manches wird schwierig. Noch bekomme ich die Wehwehchen und kleinen Krankheiten in den Griff, noch verschwinden sie. Wie lange noch? Die Arbeit geht wie vor 20 Jahren, nur die Erholungspausen müssen größer werden. Ich spiele noch Volleyball. Ich bin zwar mit Abstand der Älteste, es geht auch nicht mehr so wie mit 25, aber beweglicher als mancher junger Hüpfer (wenn er es wenigstens ab und zu am Netz mit einem Sprung probieren würde) bin ich noch. Und doch bin ich 55. Mancher ist mit diesem Alter schon lange Opa. Ich merke deutlich, dass ich den Zenit meines Lebens überschritten habe. Wie lange noch?

Und dann denke ich an meine Eltern: Jetzt sind sie 80. Noch geht vieles, sie können sich noch selbst versorgen. Schon das ist ein Geschenk, denn mancher 70jährige muss schon versorgt werden. Aber man merkt ihnen an, dass sie alt geworden sind. Sie sehen nicht mehr wie junge Leute aus. Ihr Denken ist fest gefahren. Neue Erscheinungen werden nur schwer aufgenommen. Man dreht sich um sich selbst. Zur täglichen Nahrung kommen die Tabletten dazu. Und dann bekomme ich dieses Bild nicht in meinen Kopf, denn ich kenne sie wesentlich jünger. Da haben sie mich als Kind geprägt. Da waren sie jung, dynamisch, arbeitsam. Sie standen ihren Mann und Frau im Beruf. Sie gingen in die Pilze oder Heidelbeeren pflücken. Heute geht beides nicht mehr: Der Rücken oder die Beine schaffen es nicht mehr. Damals packte sie kein Zipperlein, heute plagen sie Krankheiten. Und noch schlimmer scheint es in meinen Gefühlen zu werden, wenn ich mir Fotos aus ihrer Kindheit ansehe. Da sah man ihnen den Lebensdrang richtig an. Mutter war ein schönes Mädel, Vater ein gestandener Mann seiner Zeit. Aber ich kenne sie so jung nur vom Foto. Und jetzt? Jetzt sind sie eben alt. Und ich? Und meine Kinder? Der Älteste ist 31. Er steht auf der Höhe seines Lebens, hoffentlich recht lange. Und er sieht den Alten immer weniger werden. Und die Großeltern, naja, das sind eben die Großeltern. Noch gibt es bei seinen Eltern Auf und Ab. Aber eines Tages wird das Auf immer weniger. Und dann kommt der Tag, vor dem man sich fürchtet, der aber unweigerlich irgendwann da ist, an dem das Telefon klingelt und unter Tränen vermeldet, der oder die von deinen Eltern ist verstorben. Und man steht am Grab, sucht nach seiner eigenen Beherrschung und kann sich kaum halten. Zu Ende. Auf dieser Erde für immer. – Gut, dass wir als Christen auf eine Auferstehung hoffen. – Wann bin ich dran? Gott weiß es.

Alt werden, ein furchtbarer Gedanke und Prozess! Es ist ungerecht! Nur ein Gedanke gibt Berechtigung: Die Sünde darf nicht ewig existieren. Nur deshalb wird der Tod gebraucht. Gott sei Dank: Eines Tages gibt es kein Altwerden, eines Tages, wenn wir auf der Neuen Erde leben!!! Und darauf freue ich mich jetzt schon!

Zum Nachdenken: Wie kann ich mich auf mein Altwerden einrichten? Was heißt das: wir sollen klug werden, wenn wir an den Tod denken? Wie wird mein Heute zum Erfolg?

Wie ist das zur Wiederkunft Jesu?

Felicitas liegt abends im Bett. Die Mutter kommt, um „Gute Nacht" zu sagen. Sie möchte noch beten – da hat Felicitas noch eine Frage: „Mama, wie ist das, wenn der Herr Jesus wiederkommen will?"

Die Mutter überlegt kurz, dann erzählt sie eine kleine Geschichte:

Kevin fährt mit seinen Eltern gern in den Urlaub. Im Urlaub in diesem Jahr, sie waren an der Ostsee, lernt er einen anderen Jungen kennen: Moritz. Sie spielen zusammen, fast jeden Tag, erst ein bisschen, dann immer mehr. Sie bauen Sandburgen, Kanalsysteme, ja ganze Landschaften auf dem Strand. Die Leute staunen immer darüber, auch wenn sie kaum vorbei gehen können, so groß bauen sie. Manchmal treffen sie sich am Abend, dann gehen sie den Strand entlang. Und was sie da alles finden: schöne Steine, Heringe von Zelten und Windschutzplanen, auch Geld haben sie schon gefunden. Sie sind richtige Freunde geworden.

Aber dann kam es, wie es kommen musste: Der schönste Urlaub geht mal zu Ende. Kevin muss mit seinen Eltern wieder nach Chemnitz und Moritz fährt mit seinen Eltern nach Bamberg. Aber die Jungen sind clever: Sie haben sich kurz vor Urlaubsende ihre Adressen und Telefonnummern ausgetauscht. Jetzt können sie sich anrufen oder auch schreiben (wobei das sehr mühsam ist. Das macht die Großmutter noch.) Noch besser geht es übers Internet, vielleicht über Facebook.

Dann kommen die Herbstferien. Kevin fragt Moritz, ob er ihn vielleicht besuchen würde. Moritz spricht mit seinen Eltern, Kevin mit seinen – und sie vereinbaren, dass Moritz nach Chemnitz kommt – mit dem Zug. Darauf freut sich natürlich Kevin.

In der Nacht zu diesem Sonntag kann er kaum schlafen. Morgens ist er schon eher wach als sonst an einem Sonntag. Langsam vergeht die Zeit (Warum rückt denn heute der Zeiger an der Uhr nicht schneller vorwärts?) Schließlich ist das Frühstück vorbei – und irgendwann auch das Mittagessen. Plötzlich heißt es: Komm Kevin, wir fahren zum

Bahnhof. Hatte er geschlafen? Aber jetzt ist er voll da. So schnell war er selten in Schuhe und Jacke geschlüpft. Am Bahnhof lesen sie, auf welchem Gleis der Zug ankommt. Sie warten, Kevin hält es kaum noch aus. Dann: Er sieht einen Zug auf ihr Gleis einschwenken, der Zug hält, die Menschen quellen aus den Türen. Wo ist nur Moritz? Die Menschen gehen an den beiden vorbei, kein Moritz. Aber er wollte doch mit diesem Zug kommen? – Aber da! Da kommt ja noch jemand. Das ist Moritz! Er hüpft immer wieder in die Luft. Dann reißt er sich los und rennt Moritz los. Dabei rennt er beinahe noch einen Mann um. Bald liegen sie sich in den Armen – und freuen sich, dass sie sich wieder haben.“

„So ist Wiederkunft?“ fragt Felicitas. „Ja, so ist Wiederkunft. Wir haben mit Jesus viel erlebt. Er hat uns bewahrt, geleitet, manches gesagt, manches einfach geschenkt. Und wenn er wiederkommt, werden wir uns freuen, dass wir uns sehen und immer zusammenbleiben können.“

Die Mutter betet noch mit Felicitas – dann denkt Felicitas darüber nach, was sie mit Jesus machen wird, wenn er wiederkommt – und dabei schläft sie ein.

Zum Nachdenken: Wie ist meine Beziehung zu Jesus? Was würde sie fördern?